장꽃

장꽃

초판 1쇄 발행 2024년 12월 31일

지은이 박일우
펴낸이 장길수
펴낸곳 지식과감성#
출판등록 제2012-000081호

교정 이주연
디자인 강샛별
편집 강샛별
검수 정은솔, 정윤솔
마케팅 김윤길, 정은혜

주소 서울시 금천구 벚꽃로298 대륭포스트타워6차 1212호
전화 070-4651-3730~4
팩스 070-4325-7006
이메일 ksbookup@naver.com
홈페이지 www.knsbookup.com

ISBN 979-11-392-2351-4(03810)
값 13,000원

- 이 책의 판권은 지은이에게 있습니다.
- 이 책 내용의 전부 또는 일부를 재사용하려면 반드시 지은이의 서면 동의를 받아야 합니다.
- 잘못된 책은 구입하신 곳에서 바꾸어 드립니다.
- 이 책은 전라북도, 합천문화재단 의 후원을 받아 제작되었습니다.

지식과감성#
홈페이지 바로가기

장꽃

박일우 중편소설집

"엉켜 있던 실타래가 풀리듯, 머릿속에서 뚝뚝 떨어져
산만하게 떠돌던 화제들이 일렬로 정렬했다."

차례

오죽(烏竹_Black Bamboo)   9

장꽃(醬花_Soy sauce blooms)   57

예성당(藝聲堂_Yesungdang)   91

몽강(夢江_Dreams River)   139

작가의 말   199

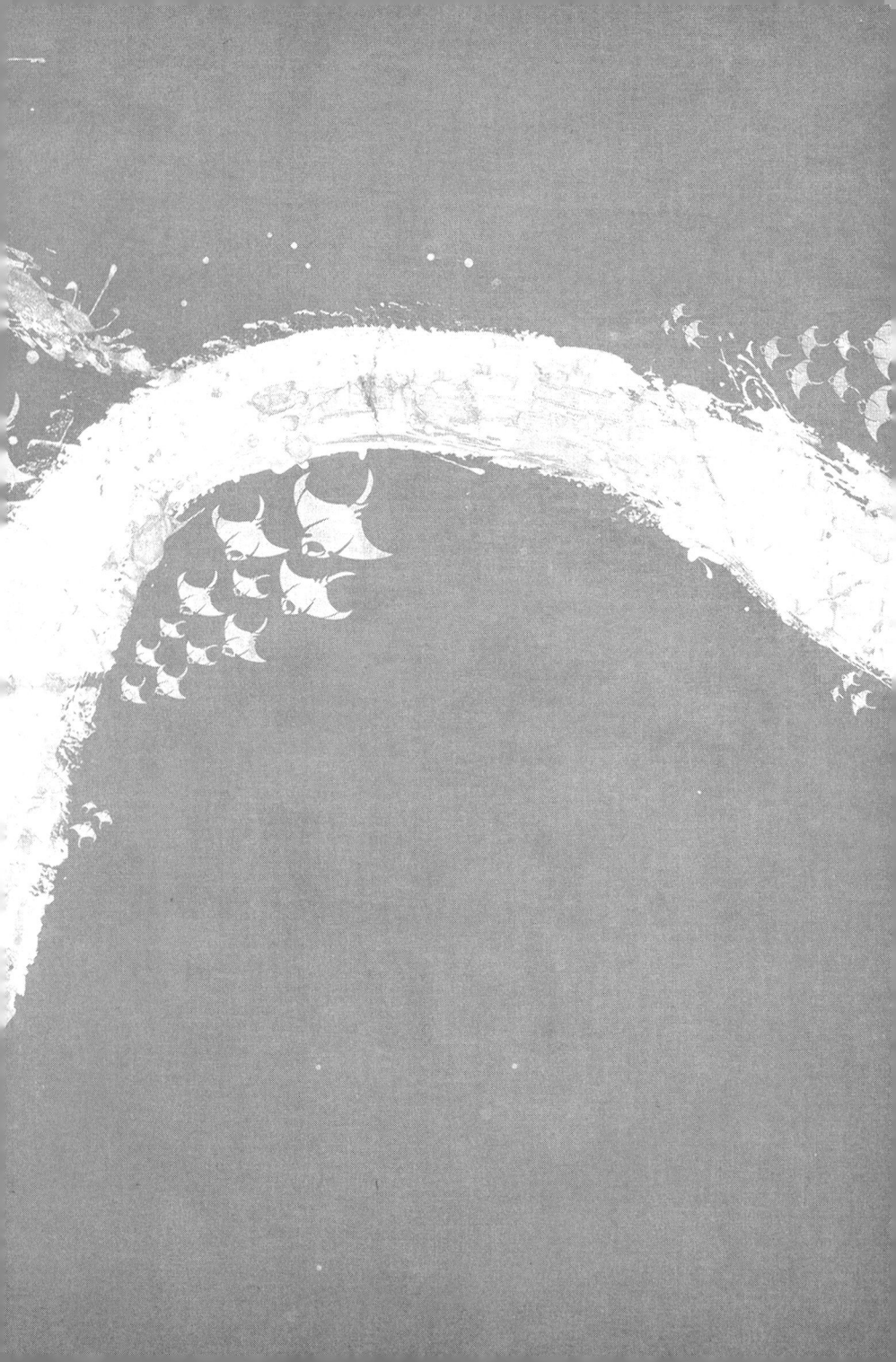

오죽(烏竹__Black Bamboo)

"상그이에 이만한 약이 읊어. 손은 많이 가도 맹글어 놓으면 요긴하게 쓴당께. 안 쓰이는 데가 읊어."

상그이, 상긔, 상기……. 상기(傷氣)라는 병증이 있다. 외상을 받은 후에 기가 막히거나 기가 몰려서 나타나는 증상으로, 정작 충격을 받은 곳은 상처 없이 멀쩡한데 몸속의 기가 역행하면서 의식이 흐려지는 상태들을 통칭하는 한의학 용어이다. 맥없이 바닥에 넘어지면서 받은 충격으로 정신을 잃거나, 그로 인해 아픈 곳이 일정하지 않아서 가슴과 옆구리가 찌르는 것 같기도 하고, 숨을 쉴 때마다 가슴뼈가 결리며 목구멍이 답답해지는 것. 사실 이 정도도 나름, 사투리를 해석해 얻은 것들이다. 이곳으로 이사를 오고 한동안은 그녀가 무슨 말을 하는지 도통 알아듣지를 못했다. 반은 넘기고 알아들은 반으로 재빨리 계산하여 의미를 대충 짜맞추곤 했다.

"이것 잔 봐 봐, 이것이 방죽 너머 산에서 가져온 분죽이여. 그라고 이쪽에차 꺼시 그저꺼네부텀 집 뒤안 옹백 밑으로 두어 대 올라온 것 잘라 둔 오죽이고. 어떤 것이 좋아 뵈? 이짝치 오 죽이 훨씬 낫제? 때깔 고운 것 좀 보소…… . 긍께, 내가 쩌참에 부터 말 안 하든? 그렇게 셈도 읎이 꼬실라 불믄 나중에 후회 할 거이라고. 내가 평생을 자식맹키로, 정성으로 키운 것인디, 그렇게 함부로 해쳐야 쓰것능가? 그 일만 생각허믄, 아조, 속 에 천불이 난당께, 천불이…… ."

그녀의 말인즉, 나와 아내가 집을 지으면서 밀어 버린 오죽, 검은 대나무로 청주를 내리면 상기 상충에 유용하게 쓸 수 있 는 약술이 된다는 것이고, 오죽을 여태껏 끼고 살아온 용도가 그것이므로, 고작 '도라꾸(승용차)' 진입로를 내겠다고 머리카 락 자르듯 싹둑, 오죽을 잘라 밭을 밀어 없애 버린 우리 부부 는, 당신의 삶의 일부와 같은 소중한 것을 없애 버린 아주아주 비정한 행동을 했다는 것이었다. 여전히 그녀에게 우리 부부 는, 소위 빌런 캐릭터의 어디쯤 자리 잡았을 것이 틀림없었다.

"고것이 빙충이들이 아니고 뭐시단가? 소 잃고 외양간 고친 다등만 그른 것 하나 없으이! 안 그려? 그라고 쌜쭉하게 서 있 지만 말고, 어여 여 와서 요만큼씩 이대 좀 잘라 봐! 정성으로 잘라야 써!"

그녀의 의기양양한 표정과 말투에 더는 대꾸할 말이 없었

오죽(烏竹_Black Bamboo) | 11

다. 더구나 내가 먼저 배우겠다고, 알려 달라고, 굽실, 고개를 숙이고 두 손을 내민 상황이 아니던가.

"가지들, 요로케, 툭툭, 쳐 내고, 두 마디씩 해서 요맹키로 자르믄 돼야. 원래 죽술은 청죽으로 하는 법인디, 해 본께 오죽이 더 낫더라고. 술이 더 달어. 이것이 나만의 비법이여 비법! 인자 낫 잡어 봐! 요렇게, 요렇게, 쳐 낸 이파리는 한쪽에 모타 두고. 모다 쓸 디가 있어. 또 홀랑 버리지 말고!"

시범을 보이던 그녀는 낫을 내게 넘겨주고, 쉬-이-, 바가지에 남은 물을 마당에 휘둘러 버렸다. 그녀에게서 넘겨받은 낫을 한 손에 어설프게 쥐고, 다른 한 손으로 대나무를 세웠다. 마디마디마다 잔가지가 두 갈래로 뻗어 있었다. 나는 그녀가 하던 대로, 본가지와 잔가지 사이로 낫을 끼워 땅바닥을 향해 툭툭 내려쳤다. 그녀는 하늘을 올려다보며 말을 이어 붙였다.

"하이고, 그르께, 작년만도 아즈녁에는 시원하더만 초복도 되기 전에 통째로 삶구만, 삶아. 대체 뭔 일이다냐? 올해는 장마도 질게 안 지고."

집을 짓겠다고, 이곳 옥계마을에 땅을 구입하고 공사를 시작한 것은 장마가 막 시작되었던 재작년 이맘쯤이었다. 불과 삼 년, 그것도 수개월은 빠지는 세월인데, 그때, 그즈음만 생각하면 십 년은 지난 것처럼 아득하기만 했다.

그 여름, 기초와 골조 공사를 마치고 몰탈 작업이 끝나자마자 내리기 시작한 빗줄기는 내리 일주일 동안 그쳤다 내렸다를 반복하였다. 골조의 콘크리트 양생 과정에 있었고, 일주일은 더 있어야 다음 공사를 이어 갈 수 있었다. 계획된 완공 일정이 하루하루 밀렸으나 '그런가 보다'였다. 저 푸른 초원 위에 그림 같은 집을 짓는 것이 아니라 그냥 사랑하는 우리 님과 결혼한 김에, 또 한평생 사는 데에 반드시 서울이어야만 하는 이유가 있는 것도 아니어서, 너무나 말도 안 되게 뛰어 버린 서울의 전셋값에 턱없이 모자란 밑천으로, 말도 안 되게 그간의 일상과는 멀리 떨어진 싼 땅을 찾아서, 아예 집을 지어 버리는 것이 훨씬 나아 보였다. 누가 보아도 말도 안 되는 일이었지만, 길게 생각할 것도 없었다. 보름 만에 고민을 털어 내고, 토지 매입까지 후딱 저질러 버렸다. 아내는 이왕 연고를 따질 일이 아니라면 몇 군데 더 알아보자고, 보름 사이 발품을 부지런히 팔았으나, 내 눈에는 맨 처음 본 곳이 계속 마음에 들었다. 이곳의 무엇이 그렇게 마음에 들었을까? 지금 생각하면 무모해도 그렇게 무모한 일이 아닐 수가 없었다. 맨 처음 본 곳이 마음에 꽂히자, 다른 곳으로는 눈길이 가지 않았다.

"잘 굳고 있네. 내일은 김 기사하고 서 사장 들어오라고 해야겠다. 몇 시에나 시간 되니?"

조는 내 대답을 듣지도 않고 휴대전화 버튼을 눌렀다. 통화음이 떨어지자 나를 힐끔 쳐다보더니 몇 시가 좋냐고 눈짓으로 의사를 물었다. 김 기사는 전기 공사를 맡아 줄 조의 후배

였고, 서 사장은 경력 삼십 년이 넘은 오십 대 중반의 설비 기사였다. 내일 오후 네 시로 약속이 잡히자 조는 주머니에서 박하사탕을 꺼내어 입에 던져 넣었다. 그리고 집으로 들어서는 진입로를 삼분의 일 정도 막고 있는 대밭을 바라보며 말을 툭 뱉어 냈다.

"야! 그냥 입구를 돌려 낼래? 어차피 니 땅인데……. 저거 쳐내긴 아깝긴 하다. 그치? 그렇게 입구만 내놓고, 아랫집에 내용증명만 계속 보내면 될 것 같은데."

땅을 사고 등기 이전부터 측량에, 마늘밭에서 대지로 토지 변경까지 다 마쳤어도, 아직 해결되지 못한 것이 바로 대나무, 입구를 턱 막고 있는 오죽밭이었다. 한길에서 곁을 타고 마을로 들어오는 속길은 내가 구입한 밭 가장자리를 정점으로 살짝 언덕이 졌다. 언덕 너머로 바투, 삼십여 가구가 모여 마을을 이루었다. 그 앞으로 제법 폭이 넓은 강이 마을을 감싸듯 휘어져 흘렀다. 마을 사람들은 이 강을 꿈여울, 몽강이라 불렀다. 몽강 상류부터 바다 입구까지, 강변을 따라 난 자전거길은 한국의 아름다운 길 삼십 곳 중 하나였다. 안개 낀 강변이 여행 블로그에 종종 소개되기도 했다. 봄, 여름이면 강 가장자리는 물살이 세차게 일었다가 가을, 겨울이 되면 잠잠해졌는데, 그래서 자전거 추락 사고가 봄, 여름에 훨씬 많았다.

마을 속길의 정점, 내가 매입한 땅은 이 마을 출신으로 이른 나이로 읍장(邑長)을 지냈던, 윗집 할머니, 장평댁의 시숙이 몸

14 | 장꽃

이 늙어 더는 일궈 먹기가 힘에 부치자 내놓은 마늘밭 두 마지기였다. 구입할 때까지만 해도 속길에 접한 면이 짧고 안쪽으로 쑥 들어간 직사각형의 땅이었다. 마지막까지 남겨 부쳐 먹던 밭을 급하게 외지인에게 내놓은 것이 서울서 사업을 하는 그 집 둘째 아들 때문이라는 소문이 꽤 노골적으로 돌았으나, 토지매매계약서에 도장을 찍자 이내 이런저런 말들은 잠잠해졌다. 그 정도 땅의 이력이야 하자라고 할 수는 없었다. 문제는 장평댁의 남편, 그러니까 땅을 내놓은 전 면장의 동생이 묻힌 무덤이었다. 이 년 전 장평댁이 집에 붙은 형님네 밭 한쪽 귀퉁이 두어 평을 얻어 당분간 남편이 머무를 묘를 썼던 것이었다. 급작스레 상을 당했기에 제대로 된 장지를 알아보지 못한 탓이었다. 장평댁은 그렇게 묘를 쓰면서 밭 둘레에 복분자 묘목 이십 주를 심었다고 했다. 밭이 나에게 팔리지 않았더라면, 아니 한 달만이라도 더 늦게 팔렸더라면 분명 첫 수확을 했을 터였다. 땅의 명의가 변경되자 장평댁은 조만간 날을 받아 이장(移葬)을 해 주겠노라 먼저 구두로 약속을 했다. 장평댁의 성격으로는 형님 집에 대고 큰소리는 못 쳤을 일이고, 아무리 제 땅이라도 일언반구 없이 땅을 넘긴 사정에 속이야 상할 대로 상했을 터였다. 당분간이라지만 내 집 마당에 남의 묘를 두고 아침, 점심, 저녁으로 바라봐야 하는 일은 결코 달갑지 않은 것이었으나, 전혀 예상치 못했던 곳에서 터진 또 다른 문제로, 우리 부부에게 '앞마당의 무덤'은 더는 문젯거리가

오죽(鳥竹_Black Bamboo) | 15

되지 않았다.

집이 앉을, 직사각형의 긴 밭을 두고 양쪽에 집이 한 채씩 있었다. 양쪽 모두 여든이 넘은 할머니가 홀로 살고 있었다. 집을 짓기 시작하면서 양쪽 집은 자연스럽게 윗집과 아랫집이 되었고, 윗집 할머니와 아랫집 할머니로 부르다가, 마을 사람들의 호칭대로 장평댁과 비금댁으로 부르게 되었다. 아랫집과 땅의 경계를 따라 검은 대나무들이 늘어서 있었다. 마을 입구에서 바라보면 붉은 황토 위에 꼭 외딴섬처럼 떠 있었다.

막상 건물을 올리자고 위성 측량으로 토지의 경계를 확인해 보니 긴 쪽은 짧아지고 짧은 쪽은 길어졌다. 그러니까 직사각형에서 사다리꼴 모양의 땅이 되어 버린 것이었다. 짧은 쪽이 길어지면서 아랫집 건물, 비금댁의 집을 비스듬하게 잘라 내고 있었다. 무덤을 이장하는 일보다 더 시급히 해결해야 할 일이 생긴 것이었다. 경계라고 생각했던 오죽밭 또한 오롯이 땅의 중심을 향해 이동하면서 계획했던 입구의 넓이가 절반으로 줄어 버렸다. 측량 결과를 알리자 비금댁, 그녀는 고래고래 소리를 질렀다. 예상 못 한 일은 아니었다. 평생을 자기 땅으로 알고 살아왔는데 어느 날 갑자기 남의 땅이 되어 버렸다니 황당한 것은 당연한 것이었다. 더구나 측량 결과의 경계를 따라 그대로 내가 구입한 땅을 찾을라치면 오죽밭을 깨끗하게 밀고도, 당신 집 또한 족히 절반은, 그것도 지금의 안방을 가로질러 부엌의 일부까지 잘라 내어 허물어야 할 판이었다. 물론 꼭 그만큼, 내 땅으로 물린 만큼은 그녀의 집 마당 앞으로 붙은, 마을 이장네 남새밭이 그녀의 땅으로 편입되었으나, 한동안 그녀는 그것을 절대 인정하지 않았다. 늘어난 땅에는 눈을 감았고, 따질 말을 심중에 가두었으나, 빼앗긴 땅에는 세상 가장 억울한 피해자의 목소리로 담을 넘나들었다.

"아이고오- 펴-영-생 내 집으로 살아왔는디이이-, 나더러 인자 어찌케 살라고오-."

이렇게 억지 울음으로 울다가, 갑자기 눈을 치켜뜨며 표정을 바꾸고는, 목소리에 날을 세워 내게 퍼부었다.

"이짝에 땅문서도 이렇코롬 있당께. 내가 손수 심고 키운 것을 쓸어 버리면 내가 할 것을 못 하고 당장에 접싯물에 코 박고 죽어야 써. 여기 사람들 다 이것으로 버티는디, 어디서 넋빠진 어린것들이 굴러 들어와서는 백힌 돌을 뽑을라고……. 땅심으로 사는 사람들 맴 아프게 하면 벌을 피할 수나 있간디?"

처음 몇 번은 못 본 체, 한 걸음 물러나 있던 윗집 장평댁은 비금댁의 목소리가 그렇게 담을 넘을 때마다 등장하여 상황을 정리했다. 그녀를 달래 놓고 돌아가는 길에 혀만 찰 뿐, 우리 부부 앞에서는 이래라저래라 말 한마디 덧붙이지 않았다. 오히려 아내가 시어머니한테도 안 당해 본 시집살이를 여기 와서 하게 생겼다며 안달이었다.

"엊그제 지하수 팠제? 딱 고것이어, 뒤로 우리 집 물도 잘 안 나오고, 피해가 이만저만 아니어……. 저 대문 앞에 흙탕물

오죽(烏竹_Black Bamboo) | 17

어쩔 것이여. 트럭 지내댕김스로 흙 묻혀 댕기고 먼지 풀풀 날리고 살 수 없다니깐. 빨래를 못 널것어! 그라고 뒷짐만 지고 있지 말고 빗지락 가꼬 얼릉 쓸어 내. 얼릉. 뒤안이고 어디고 우리 집 대문 앞까징 깨깟치!"

공사하는 내내 일주일에 한 번씩은 빗자루를 들고 내려가 대문 앞과 뒤란을 쓸었다. 창문이며 툇마루까지 걸레질했다. 대들어 싸울 일이 아니라면 되도록 큰소리 안 나게 참아야 했다. 일종의 텃세라면 머지않아 곧 잠잠해질 것이라고 생각했다. 이곳에서 살아가려면 마을 사람과의 원만한 관계가 무엇보다 필요했다. 그녀가 목소리를 높일 때마다 주위의 눈치로 조심스러운 것이 사실이었다.

"뭔 지랄한다고 공구리를 처발라서 저라고 높이 쳐 올렸을 까잉. 저놈의 옹벽 땜시 밭에 빛도 안 들고…… 깻잎 한나 성한 것 읍씨 다 죽여 불고, 저 둑에 콩 심어 논 것까지 다 버렸네, 버렸어. 이렇게 이웃에게 피해를 주믄 되것어? 느기들이 여기서 얼마나 버틸 수 있는지 두고 보자고……."

공사만 끝나면 잠잠해질 것이라는 기대와는 달리 집이 완공되고도 한동안, 그렇게 우리 부부는 그녀의 성화에 시달려야 했다. 어쨌든, 그렇게 한바탕해 대고 돌아가면 일주일 정도는 조용했다.

비금댁, 김귀려 여사. 그녀의 나이 또래에 보기 드문 큰 덩치였다. 키도 컸고 어깨도 넓었다. 남성적인 면모라기보다는 고양잇과의 야생성에 가까웠다. 백발의 파마머리, 사각진 큰 얼굴에 작은 입, 의심이 담겨 치켜 올라간 눈꼬리에는 푸근한 분위기가 먼지 한 톨 만큼도 없어 보였다. 겪으며 알게 된 사정이지만, 사람들과의 관계에서 자신을 무시하는지 안 하는지가 세상 모든 기준인 듯했다. 특히 누가 자신에게 해가 되는 이야기를 하는지에 신경을 곤두세웠다.

"강 선생, 오늘은 비금댁 안 댕겨갔는가? 뭐든 흘려들으소. 일찍허니 바깥양반이 가서, 여직 혼자 오래 살아와서 그려, 강 선생이 이해하게. 조금만 참으면 금방 조용해질 것이여."

이장의 언질대로 나와 아내는 일찍 남편을 여의고 혼자서 자식 다섯을 건사해야 하는 삶에서 불온한 소문이 자신의 삶을 무너뜨리지 않을까 전전긍긍하는 세월이 되어 버린 탓이라고, 처음부터 맘이 꼬인 사람은 아니라고 애써 생각했다.

그녀의 목소리가 자주 담을 넘나들면서 마을 사람들은 한 번씩 경계 반 호기심 반으로 공사 현장을 들여다보곤 했다. 공사가 얼마나 진행되었는지, 언제쯤이면 끝나는지를 궁금해하는 이는 하나도 없었다. 그것보다 오늘은 김귀려 여사께서 어떤 트집을 잡았는지를 더 궁금해했다. 어느 순간 사라진 오죽밭을 보면서도 하나같이 그동안 그녀의 성화에 오죽에는 손끝도 대지 못했다고 했다. 잘했다고, 속 시원하다고. 그녀의 약술이 부담스럽다고도 했다. 이 정도 뒷말이라면 김 여사의 오죽 단속은 본인에게는 자부심이었겠으나, 마을 사람들에게는

오죽(烏竹_Black Bamboo) | 19

분명 유세(有勢)가 되었을 것이었다. 요즘엔 얼마나 좋은 약들이 많이 나오고 휴대전화가 있어 구급차 연결도 잘되는 세상에, 좋자고 마시는 술도 아니고 약술 자랑을 그리 하는지 모르겠다고.

그렇게 편을 들어 주는 마을 사람들 앞에서 나는 되도록 말을 아꼈다. 어쩌면 마을 사람들이 내 앞에서만 그러는지도 모를 일이었다. 집을 짓는 동안 사방이 적이었다. 당장 억울한 마음에 하소연을 하더라도 적당한 때가 있다는 것을 나는 잘 알고 있었다. 덜컥 긴장의 끈을 놓았다간 더 큰 낭패로 되돌아올 수도 있었다.

* * *

두어 마디씩 잘라 낸 오죽 줄기를 살짝 구워 한쪽에 모아 둔 댓잎과 함께 가마솥에 넣고, 물을 절반은 넘게 채운 뒤 뭉근하게, 은근하게, 오랫동안 우려냈다. 무엇보다 기포가 올라와 터질 정도로 끓여서는 절대 안 되었다. 물이 위아래로 천천히 순환할 정도면 되었다. 그래서 아궁이 앞에서 네다섯 시간은 꼼짝없이 매어 불을 조절해야 했다. 캠핑을 다니며 불멍으로 단련된 눈이라도, 십여 분 만에 정신이 혼미해질 정도로 눈자위가 깔깔했다.

비금댁 김귀려 여사표 오죽 청주는 한때 마을을 넘어서 꽤

20 | 장꽃

유명하긴 했던 모양이었다. 서해의 섬마을 비금도 친정에서 시집올 때 뿌리 한 토막을 잘라서 가져와 뒤꼍에 묻어 둔 것이 십 년 만에 동서로 다섯 칸으로 뻗은 한옥을 포옥 감쌀 만큼 밭을 이루었다고 했다. 남편을 먼저 떠나보내고 깨끗하게 잘 자란 오죽으로, 그녀는 그녀의 어머니에게서 배운 대로 술을 빚기 시작했으니 지금 밑술은 못해도 족히 오륙십 년은 되었을 터였다.

도통 적응이 안 되는 말본새의 비금댁 김귀려 여사한테서 술 빚는 것을 배우겠다고 나선 데에는 아내의 은근한 압력이 작용하고 있었다. 삶의 대부분을 대도시에서 보낸 아내는, 이곳으로 이사를 하고 한동안 유독 현관만 나서면 달려드는 도마뱀이나 청개구리, 거미, 돈벌레 같은 것들에 소스라치게 놀라곤 했다. 산모의 놀람은 어렵게 생긴, 뱃속의 아이에게도 결코 좋을 것이 없었다. 어렸을 적 골목에서, 친구가 개에 물린 것을 목도한 경험이 있었던 아내는 동물들을 싫어한다기보다 무서워했다. 꼬리를 살살거리며 등 한번 쓸어 달라 달려드는, 한 해를 채우지 못한 강아지에게도 기겁하며 뒤로 물러서곤 했다. 아내는 집 현관을 드나들 때마다 인기척을 내어 동물들이 먼저 흩어지게 했다. 그러던 아내가 전원생활 일 년 육 개월 만에 완벽 적응했다. 여름 한철 마당 한편에서 뱀을 만나도 이제는,

"요 앞에서 뱀 봤어. 작년에 본 놈보다 더 큰 거. 생각만 해

도 징그러, 징그러워……. 아무래도 뱀은 적응이 안 돼!"

그것으로 끝이었다. 적응 안 된다고 말하는 아내의 어투에서 이미 적응했음을 읽는 건 그리 어려운 일은 아니었다. 그런 아내의 완벽 적응은 그 무엇보다 요리 블로거로서의 소소한 활동들 때문이었다. 장 담그는 법을 시작으로 블로그에 요리로 일상을 기록하면서 아내는 전원에서의 삶과 자신만의 일상을 나름대로 열심히 구성해 나가고 있었다. 한번은 비금댁의 술을 맛보더니 그것을 블로그에 소개하겠다고 나섰던 것이다. 정작 본인은 육아를 무기로 빠져나가고 대신 나를 비금댁에게 붙여 놓기를 지속했다. 아침저녁으로 은근하게, 지속적으로 비금댁의 사정을 내게 알렸다.

"다음 주쯤 술을 담그실 건가 봐. 아까 오전에 길 앞에서 만났어. 이장댁에서 생강 얻어 오시더라. 작년 가을에 갈아 저장해 둔 거. 이장님 밭 생강이 씨알도 굵고 잘되었다나 봐. 색도 좋고. 당신은 관심 없겠지만, 뭐 그렇다고……."

비금댁이 솔순(송순, 松筍)을 잘라 올 때까지, 그러니까 술 담기가 본격적으로 시작될 때까지 내가 움직이지 않자 그제야 아내는 포기한 듯 보였다.

"당신이 정 싫다면야, 내가 뭐라고 하겠어. 그치? 강요할 수는 없는 노릇이고, 내년에나 내가 직접 배워 보지, 뭐!"

표현은 뻔뻔했고 능청스러웠지만, 다른 한편으로 내 눈치를 살살 살피는 아내가 못내 안쓰러워졌다. 그렇다고 내가 마음이 약한 것은 결코 아니었다. 아내는 요리 블로거로 소소한 활동을 시작하면서 일상을 겨우 이곳의 시간에 맞추어 가기 시작했다. 아내의 시골 생활 적응기를 생각하면 남편으로서 이 정도의 요청은 흔쾌히 들어주고도 남을 일이었다. 이곳에 돌멩이 하나, 풀 한 포기에라도 마음을 기대어야 했다. 내가 결국 손을 들어 항복하고 술을 담그겠다고 나서자, 아내는 대놓고 좋은 내색을 보이지는 않았다.

"그래, 지나간 일은 이제 그만 잊어! 잊어야 살지, 이웃하고 살면서 계속 가지고 가 봐야 자기만 손해 아니겠어? 스트레스만 쌓이고."

그렇게 술 빚는 것을 배우겠다고 나섰지만, 정작 나에게는 알코올 알레르기가 있었다. 마흔이 다 되어 가도록 나에게 그것이 있는지 몰랐다. 술 먹어도 될 나이가 되면서 권하는 대로 막 마시고 팔이나 다리, 가슴에 두드러기가 오르면 긁고, 그래서 피가 나고, 아직 딱지가 연할 때 약을 발랐다. 호흡 곤란 같은, 당장에 목숨을 위협하는 위급한 상황은 없었기 때문에 그냥 모르고 살아오다, 그것이 알레르기였다는 사실을 안 것은 결혼식 직후였다. 늦을 대로 늦어 버린 결혼에 친구들이 벼르고 있던 피로연에서 퍼마셨던 술 때문에, 예정된 신혼여행도 못 가고 결국 병원에 입원을 하고야 말았다.

비가 그친 지 반나절도 지나지 않아 감자를 삶는 냄비처럼 푹푹 찌기 시작했다. 아직 여름이 시작되기 전이었고 장마철이었다. 장마라고 해도 비는 거의 내리지 않았다. 동네 어른들은 마른장마라고 슬슬 한 해 농사를 걱정했다. 작년만 해도 장마가 시작되자 하늘이 뚫린 듯 비가 쏟아졌다. 작년이고 올해고 동네 어른들은 해가 갈수록 절기의 일기가 흐트러지고 있다는 것을 잘 알고 있는 듯했다. 오존층 파괴로 빙하가 녹아내려 북극에 더는 곰이 살 수 없다던지, 그래서 해수면이 상승해서 연안의 생태계가 변하고 있다던지, 그런 엘니뇨, 라니냐 현상을 걱정하는 세계적인 이슈는 그야말로 한 다리 건너 이슈일 뿐, 당장에 눈앞에서 콩잎이 말라 가는 꼴을 보고 있자면, 이제는 땅을 믿는 일을 그만두어야 하는 것은 아닌지 하루하루 애간장이 녹았다.

아침 일찍부터 시작된 대나무 우리기는 정오가 다 되어서야 끝이 났다. 어느 순간부터 가마솥에서 진한 고구마 향이 풍겼다. 사실 고구마 향이라기보다는 고구마 썩은 냄새였다. 어렸을 때 할머니 집 골방 한편에 저장된 고구마 더미에서 맡았던, 쿰쿰한 냄새. 대나무 줄기와 잎을 우렸는데, 고구마 향이라니. 비금댁은 아궁이에서 불을 빼내면서 대나무 줄기를 적당히 구워야 한다는 것을 몇 번이고 강조했다.

"진을 내릴 때는 이라고 대나무 숯을 쓰는 것이 제일 좋제. 솥에 불이 오르믄 이 대나무 숯을 몇 개 빼서 잘라 놓은 오죽을 구으믄 돼야. 불이 싸면 타 버린다잉. 불 조절을 잘해야 써,

은근하게 살짝 과서 솥에 넣어 데리는 거여. 이 물을 우리 어머니는 백차라고 불렀어. 그라고 먼자 백차를 차게 식혀 갖고, 나머지를 잘 섞어서 따뜻한 데에서 익혀야 써.”

아궁이에서 대나무 숯을 꺼내서 두 마디 길이로 잘라 둔 오죽을 살짝 굽고, 가마솥에서 잎과 함께 넣어 은근히 오랫동안 우려 백차를 만든다, 술밥과 누룩, 창포, 생강을 술항아리에 넣고 차게 식힌 백차를 붓고 일 차로 발효를 한다, 솔순을 재웠던 씨술에 섞어서 이 차 발효를 한다, 그리고 적당한 때를 맞추어 소줏고리에 증류를 하면 된다, 이 정도……. 무엇이든 말이 가장 쉬운 법이었다. 대나무 줄기를 구워 우리는 일도 그렇지만, 창포와 솔잎을 고르는 것도 만만한 작업은 아닌 듯했다. 솔잎은 꽃가루 날리는 봄날 날을 골라 꽃대 채로 꺾어 쌀뜨물에 반나절 담갔다가 건져 볕에 바짝 말린다. 그리고 반백 년은 묵은 씨술 항아리에 봄이 다 갈 때까지 담가 두어야 했다. 모내기 철을 바쁘게 보낸 후 시간을 쪼개어 솔잎은 버리고 뒷병으로 씨술을 받아 여름을 맞았다. 창포도 마찬가지였다. 예전엔 몽강 가에만 나가도 흔하디흔한 것이 창포였으나, 외래종이 대세인 지금은 눈을 씻고 찾아 보아도 토종 창포는 보이지 않았다. 그리고 보면 비금댁의 약술은 일 년 농사와도 같아 한 해 중 열 달의 아침저녁은 오롯이 맞아야만 제맛을 내는 것이었다.

“우리 매느리한티도 안 갈쳐 주고 그짝한테만 싹 다 갈쳐 줄

오죽(烏竹_Black Bamboo) | 25

란께 쪼끄만 거 하나까징 잘 지켜서 해야 써……. 그거를 안 지키믄 약이 되다가 말아 불어. 잘 보소잉, 이것은 그냥 술이 아닌께로."

대단한 비법이라도 내림해 주는 것처럼 그렇게 이야기해 봐야 속없이 후딱 넘어갈 내가 아니었다. 이미 비금댁은 우리 부부에게 자식들의 속사정까지 다 들켜 버린 후였다. 나는 김귀려 여사가 며느리들하고도 갈라섰다는 것을 잘 알고 있었다. 한참 막바지 공사가 진행 중이었을 때 마을 이장님이 잠깐 들렀다가 흘린 이야기가 있었다. 이제 환갑이 다 된 첫째는 파주에 자리 잡은 뒤 감감하고, 그래서 둘째 아들 내외가 함께 살겠다고 들어왔다가 그녀의 성깔을 견디지 못하고 결국에는 분가를 한 것이 얼마 되지 않았다는 것이었다. 사계절을 넘기지 못했다고 했다. 둘째가 그렇게 훌훌 떠나고, 이번에는 승용차로 삼십 분 거리의 신도시에 살던 막내아들이 잠깐 들어올 생각을 먹었다가 아내의 완강한 반대로 그대로 접고, 지금은 틈틈이 왕래만 하며 산다고 했다.

"지난봄에 내가 종가 옆에 솔가지 끊어다가 가루 털어서 씨술에 넣어 둔 것이여. 여기 봐 봐, 화분이 떴어도 깨끗허니 맑지? 이 정도로 이렇게 말게야 써. 막걸리처럼 탁하든 뭔가 이상한 것이여, 여기다가 시큼한 막걸리 초 몇 방울이면 술이 아니라 모조리 초가 돼 부러. 그때를 정확히 알아야 하는 벱인디 잘할랑가 몰것네."

항아리 뚜껑을 열자 금방 상큼한 솔 향이 창고 안에 가득 찼다. 솔잎은 꽃대까지 마을 어귀 예성당 솔밭에서 뜯어 왔다. 예성당의 오백 년 내력을 고스란히 온몸으로 비틀어 담고 있는, 소나무 삼십여 그루가 방풍림으로 늘어선 솔밭은 넓지 않았으나 나무 한 그루 한 그루가 기품이 흘러넘쳤고 무엇보다 건강했다. 입하가 되기 직전, 새로 올라와 자리 잡은 솔순을 끊어 예년 술에 담가 씨술을 만들어 두었다가 새 술을 빚을 때 섞는 것이었다. 예년의 밑술을 두고 계속 새로운 덧술을 만들어 섞어서 발효와 증류를 거치는 것이었다.

고두밥에 누룩을 골고루 섞어 항아리에 담고 손질한 생강과 창포 뿌리를 쌓았다. 그 위로 오죽잎을 넣고 항아리에 적당히 차오르도록 오죽 우린 백차를 채웠다.

"이제 됐어. 내달 초닷새에 다시 오드라고. 따땃한 데 몇 날 두었다가 봐서 씨술은 내가 부을란만. 지대로 약이 되려면 시간이 좀 흘러야 쓴께로. 어구어구어구 허리야, 광에서 소줏고리 빼서 닦아야 쓰것구만."

김귀려 여사가 굽혔던 허리를 펴자 나는 휴대전화의 앱을 보며 날짜를 계산했다. 윤달이 끼어 있어서 내달 초닷새라면 두 달하고도 다섯 날 후쯤 되었다.

오죽(烏竹_Black Bamboo) | 27

* * *

측량의 결과로, 당초 정남향으로 설계되었던 집을 서쪽으로 오십도 가까이 비틀어 앉혀야 했다. 마당을 효율적으로 이용하기 위한 결정이었다. 땅의 경계가 흐트러지자 나는 비금댁에게 먼저 이 사실을 알렸고, 골조 공사가 마무리되어서야 비금댁의 막내아들이 예고도 없이 불쑥 찾아왔다. 실측을 위해 창호 사장님이 들어오기로 약속된 참이었다.

집을 올리면서 가장 신경 쓴 부분이 바로 창호였다. 주택의 단점은 열 손실이 심하다는 것. 그래서 단열을 어떻게 해결할 것인지가 무엇보다 관건이었다. 설계를 하면서 알아본 바로 이곳은 여름엔 비가 많고, 겨울엔 눈이 많았다. 여름엔 습하고 겨울엔 춥다는 뜻이었다. 집이 들어설 곳이 언덕의 정점이라 서쪽 너른 시금치밭을 쓸어 넘는 바람도 많았다. 더구나 남향을 염두에 두고 쪽창이나 파노라마 창 같은 다양한 크기의 창으로 환기가 잘될 수 있도록 설계했기 때문에, 집을 서향으로 틀면서 여름 가을 햇빛이 창을 통해 집 안 깊숙이 길게 들어와 머무를 시간도 꽤 늘어났다. 이를 계산하여 내가 선택한 방법은 두 가지였다. 콘크리트에 자갈을 많이 섞어 벽을 두껍게하는 것, 그리고 벽과 마감재 사이에 비닐을 채워 공기층을 만들어 주는 것이었다. 서향으로 틀었다고 공들여 계획한 창들을 포기할 생각은 없었다. 그래서 나는 주저 없이 값비싼 시스

템 창호를 선택했다. 아내의 반대가 만만치 않았으나, 차근차
근 설득해 나갔다.

"시스템 창호는 밖의 환경과 안의 환경을 확실하게 나누어
주고 서로의 차이가 날수록 섞이지 않게 만들어 줘. 그러니까
밖으로는 열려 있으나 안으로는 닫혀 있는 거지. 단열 기술이
집약된 마감재인 셈이야."

"그걸 누가 모르냐고. 비싸서 그런 거잖아."

"그래, 비싼 것이 단점이지. 그래서 마당 돌담을 포기하고,
창호를 좋은 것으로 하자고!"

창호는 건축비 총액에 차지하는 비중이 매우 컸지만, 그렇
게 아내 앞에서 떵떵 큰소리를 내고 우겨서, 무리해서 좋은 것
으로 장착하는 중이었다. 그래서였을 것이다. 창호 설치 작업
이 시작되면서 내 몸의 모든 신경이 날카롭게 빛이 났다. 예민
해질 대로 예민해진 그때, 비금댁의 막내아들이 창호 사장님
보다 앞서 나를 찾은 것이었다.

"스프레이로 표기해 두었어요. 건물 모서리부터 할머니 집
대문 앞 표기까지 직선으로 그어서 이쪽 안이 우리 필지로 되
어 있더라구요."

나는 날이 선, 냉랭한 어조로 막내아들에게 측량 결과지를
건넸다. 결과지를 꼼꼼하게 확인해 가며, 한참 동안 땅의 경계
를 이곳저곳 둘러보다가 말없이 돌아갔던 아들은 마당 아래쪽
으로 늘어난 땅을 마저 확인했는지 두어 시간이 지나서야 비

금댁과 함께 왔다.

그사이 창호 사장님이 왔고, 후다닥 실측을 마쳤고, 마지막으로 여닫이, 미닫이, 접이식 같은 출입구 문에 대한 최종 결정을 이어 가는 중이었다. 나는 하는 수 없이 결정을 아내에게 맡겨 두고 비금댁과 막내아들에게로 다가갔다.

"그리하세! 평생 살아온 집을 허물 수는 없는 일이고. 아니할 말로 노친네가 얼마나 사실런지는 몰라도 이대로 계속 버티면 동생도 방법이 없을 거 아닌가. 우리 동기간끼리 이야기 잘해서 깔끔하게 땅을 갈라 매매하는 것으로 정리해 볼라니까. 그라고 동생이 우리 어머니 좀 이해하소."

나를 동생, 동생 해 가며 친근하게 말을 꾸미던 막내아들이었다. 당장 집을 허물어 땅을 돌려줄 수는 없으니 대지 기준 시세대로 땅을 매수하겠다는 것이었다. 여기까지는 받아들일 수 있는 조건들이었다. 사람이 살고 있는, 여전히 삶이 진행 중인 공간을 부득부득 우겨 부셔 낼 수는 없는 일이었다. 이미 물린 땅을 뚝 떼어 낸다고 해도 새롭게 시작되는 나의 삶이 크게 지장을 받지는 않았다. 그러나 다시 문제가 되었던 것은 오죽밭이었다. 비금댁은 돈을 줄 테니 오죽밭까지 내놓으라고 쾌장을 부쳤다. 오죽밭을 내놓으면 집으로 들락거리는 게 여간 성가신 게 아니었다. 그렇게 대밭을 살리자면 경차 한 대 겨우 들락거리는 진입로가 되기 때문이었다. 그녀의 집보다 지대가 높았으므로 사람 키보다 높게, 재분할된 경계대로

30 | 장꽃

옹벽도 육칠십 미터는 둘러쳐야 했다.

처음 말도 안 되게, 땅을 매입하면서 생각했던 것은 책을 보관할 스무 평 정도의 창고형 건물이었다. 아내도 건물 한 칸에 눈치 보지 않고 악기를 연습할 연습실만 들이면 족하다고 했다. 어차피 이곳에서는 당장, 끝을 보장받은, 확실한 경제 활동에 우리 부부가 매여 있는 상태가 아니었기 때문에 길어야 오륙 년 정도의 삶으로 계획했다. 무엇보다 건축비 또한 최소한으로 잡아야 했다. 그래서 바닥의 보일러도, 넓은 주방도 필요 없었다. 그야말로 '잠시 얼마간' 신접(新接)을 살 집, 그래서 대처로 나가 일을 하게 되면 한 달에 한두 번 사나흘씩, 아니 간간이 들러 책 읽고 공부하며 기거할 수 있을, 세컨하우스 정도로만 바랐다. 그러다 아내가 결국 서울의 모든 일을 정리하겠다고 결정했을 때 한번, 설계도가 크게 바뀌었다. 가구나 가전 같은 갖추어진 새살림이 들어올 것을 염두에 두어야 했고 아이가 태어날 것도 생각해야 했다. 그래서 가장 단순한 형태로, 직사각형 상자로 형태를 짓고 그 안에 방과 화장실, 부엌을 나누었다. 설계도를 뽑은 이는 조였다. 대학 친구였던 건축사 조는 마침, 도시 재생 프로젝트로 마을에서 삼십 분가량 떨어진 M시에 몇 달째 머물고 있었다. 처음 내가 그 땅을 조에게 보여 주었을 때, 조는 동네에서 가장 높고 남북으로 긴 땅의 모양을 탐탁지 않게 생각했다. 윗집과 아랫집 사이에 끼어 집의 방향을 잡기가 쉽지 않았기 때문이었다. 더구나 오죽밭

오죽(烏竹_Black Bamboo) | 31

까지 문제가 되었으니, 고심 끝에 결국 남향을 포기하고 서쪽으로 반의반을 틀어 집을 앉히기로 결정했다.

공사는 직영으로 진행하였다. 건축주가 공사를 직접 수행하는 것을 직영 공사라 불렀다. 설계는 조에게 맡기고 조의 인맥을 통해 기초와 골조, 전기와 설비, 창호, 내부, 외부 마감 공사를 진행해 줄 업체나 기사님들을 섭외하여 일정을 맞추었다. 건축비를 조금이라도 아낄 요량으로 직영 공사를 선택했으나, 정작 준공이 떨어진 후 계산을 맞춰 보았을 때는 얼마나 아껴졌는지 가늠할 수 없었다. 상수도관이 깔려 있지 않아 지하수를 뚫고 수질 검사까지 마쳐야 했으며, 땅의 한 귀퉁이가 선사 시대의 문화재 보존 지구로 묶여 있다는 사실을 알고 인근 대학 박물관에 요청을 넣어 조사를 먼저 진행한 후 건축 허락도 받아야 했다. 자잘한 일들이 넘쳐나는, 그런 것 때문이라기보다 집을 짓는 내내 겁이 없었던 내 자신이 참 신기하고 낯설었다. 직영 공사는 모든 것이 내 손을 거쳐야 비로소 진행되었다. 예측하지 못한 곳에서 문제가 튀어 올랐고, 집을 짓는다는 것은 그런 문제 해결의 연속이었다.

결혼식을 올리고 이곳에 자리를 잡기까지 본가와 처가, 서울의 처제 집을 떠돌아다녔다. 본가와 처가는 도의 경계를 넘나들어야 했으며, 서울의 처제 집은 아내가 결혼 전 처제와 함께 기거하던 방 세 개짜리 전셋집이었다. 딱히 어느 한 곳에서의 정해진 일자리가 없었기 때문이었다. 마흔을 코앞에 두고 양쪽

32 | 장꽃

집은 바빠졌다. 도무지 결혼할 생각을 하지 않은 '자식새끼'들이 답답함을 넘어 복장을 태웠을 터였다. 하지만 정작 나와 아내는 느긋했다. 보다 못한 두 어머니는 당자들 모르게 모종의 합의에 이르렀다. 나와 아내는 결혼식 날짜만 통보받았다.

그렇게, 하필, 받은 날짜가 12월 셋째 주 토요일이었다. 해를 넘기지 않겠다는 두 어머니의 의지가 바로 느껴졌다. 날짜가 잡히고도 살림을 살기 위한 준비는 아무것도 하지 않았다. 결혼이 싫은 것이 아니었다. 그야말로 아무런 생각이 없었다. 그래서 그 흔한 웨딩 사진첩 하나 만들지 못했다. 결혼식 사진 몇 장이 다였다. 집을 구하는 일만도 그랬다. 전셋값이 널뛰는 것을 강 건너 불구경하듯 구경만 했다. 어떻게든 되겠지, 정도였다. 아무튼 결혼식은 예정대로 진행될 것이고, 어디든 둘이 누울 자리만 있으면 그만이라고 생각했다. 가끔 아내는 웨딩드레스가 맘에 들지 않는다고 대충 서둘렀던 자신을 탓하곤 했다.

아내와 내가 결혼했다는 현실을 자각한 것은 넉넉했던 한 달간의 신혼여행에서 현실로 돌아올 날을 하루 앞두고서였다. 휴대전화를 들고 검색을 시작했다. 당장에 아내와 살 곳도 없었고, 신접살림도 하나 마련하지 못했으니 신혼여행을 다녀와서 우리는 그렇게 세 곳을 순회했다. 나도 그렇고 아내 또한 이미 결정된 대학과 문화 센터의 강의가 있었기 때문에 당장에 서울을 떠날 수는 없었다. 그렇게 서울에서의 일들을 마무리하는

오죽(烏竹_Black Bamboo) | 33

데에만 반년이 걸렸다. 엄밀하게 따져 본다면 세 군데 집을 순회했던 그 시절은 고속 도로에서 지낸 시간이 더 많았다.

서울 안착을 뒤로하고 이곳으로 내려오면서 나에게 정해진 자리는 인근 전문 대학의 두 과목 육 학점 시간 강의 자리가 전부였다. 아내도 마찬가지였다. 그나마 우리의 생활이 그런 대로 유지될 수 있었던 것은 시골구석을 마다하지 않고 찾아오는 아내의 연습생들 때문이었다. 한번 오면 이틀에서 삼 일은 집에 머물며 레슨을 받고 돌아갔다. 그것으로 충분했다. 또 나와 아내 둘뿐, 비교적 간소한 세간이었기 때문에 다달이 부어야 할 대출금의 원금 이자만 밀리지 않게 신경 쓰면 되었다. 그도 그럴 것이 둘 다 마흔이 다 되어 가도록 전공 공부만 해오던 터라 나의 책들과 아내의 악보와 악기들 그리고 입던 옷가지가 전부였다. 아이가 태어나고 나는 인근 대학 두어 군데를 더 출강할 수 있었다.

* * *

비금댁, 김귀려 여사가 사라졌다.

약속했던 '내달 초닷새'는 어제. 하루하루 손꼽아 가며 기다린 것은 아니지만 그래도 나는 술 거를 날을 내심 기대하긴 했다. 어제 아침, 미리 맞추어 놓은 휴대전화 일정 알람을 끄며 나는 서둘러 앞치마를 챙겼다. 아내와 딸아이의 배웅을 받고 현관을 나서자, 이내, 한창 데크 위를 순회 중이던 고양이 두 마리가 잽싸게 내 뒤꿈치에 따라붙었다. 평소에 나에게는 눈길 한번 안 주던 녀석들이었기에, 옹벽을 따라 진입로를 빠져나가는 동안 오히려 내 쪽에서 달려드는 녀석들의 눈치를 보며 적당한 거리를 유지했다. 허리춤만큼의 낮은 단조대문을 열고 마을 길로 나서자 뒤따라오던 고양이 하나가 나를 비켜 앞장을 섰다. 검정색 얼룩이 왼눈에서 귀, 등, 꼬리로 이어지는 녀석이었는데, 발걸음이 다른 녀석에 비해 꽤나 무게감 있는 것으로 보아 나머지 여섯의 대장쯤은 되는 것 같았다. 검정 얼룩 고양이가 앞서가자 어디서 나왔는지 고양이 두 마리가 그 길에 합류했다. 흡사 우르르, 피리 부는 사내쯤 되는 듯 내가 고양이들을 몰고 터벅터벅 아랫집으로 내려갔을 때 대문은 닫혀 있었다. 고양이들이 떼로 따라붙은 것도 그렇지만, 닫혀 있는 대문이 더욱 낯설었다. 이곳으로 이사를 온 후로 처음 보는 모습이었다. 출퇴근길에 항상 지나쳐야 하는 길, 지금껏 닫혀 있는 모습을 본 적은 단 한 번도 없었다. 단순히 출타 중이었다면, 그보다 하루 이틀 대처의 자식들 집에 가더라도 절대 닫히지 않은 대문이었다.

처음엔 열쇠가 채워진 것을 모르고, 대수롭지 않게 이 문이 닫히기도 하는구나, 나는 생각했다. 까치발로 종종 뛰면서 대문 너머 비금댁을 불렀다. 고양이들은 차례대로 대문 아래 좁은 틈에 머리를 밀어 넣고 허리를 쭈욱 늘려 안쪽으로 들어갔

오죽(烏竹_Black Bamboo) | 35

다. 자물쇠가 채워진 것을 알아차린 것은, 설마 하는 마음에 어깻죽지로 대문을 밀어 내면서였다. 대문은 살짝 안쪽으로 밀렸다가 삐그덕, 반동으로 제자리로 돌아왔다.

"방문 앞에서 하도 울어 대서 밥 한 덩이 내줬더니 안 나가고 저리 눌러 자빠졌어. 저 깜장 얼룩 있는 놈이 있쟈? 그놈이 맨 처음으로 여그 온 놈이여, 처음에 와 갖고 다 불러들인 거여. 이참에 새끼 세 마리 낳고. 후제에 들어온 놈이 둘."

비금댁이 대문을 닫지 않은 이유 중의 하나는 바로 고양이들 때문이었을 것이다. 처음엔 한 마리였던 고양이가 일곱 마리까지 늘어났다고 했다. 이들 중 다섯은 한 가족이었고 둘은 최근에 눌러앉은 들고양이들인지라 비금댁은 공들여 서로의 영역을 나누어 주었다고 했다. 다시 도망가지 않을까, 반신반의했는데, 신기하게도 이내 서로 섞여 놀기 시작했다는 것이었다. 녀석들은 하루에 한 번은 돌아가며 우리 집으로 올라와 건물에 붙어 남북으로 쭉 뻗은 데크를 도도한 걸음걸이로 순회하곤 했다. 뭐라 딱히 그 원인을 규정할 수는 없으나, 녀석들이 순회를 시작하고 뱀을 만나는 일이 줄어든 것이 사실인지라, 아내는 거실 큰 창 앞 데크를 지나치는 고양이들을 보고 흠칫흠칫 놀라면서도 처음처럼 질색하며 소리를 질러 쫓아 버리지는 않았다.

"아이 깜짝이야, 간 떨어질 뻔했네. 근데 여보 쟤 살찐 거봐! 비금댁이 아주 잘 먹이나 보네. 사료 챙겨 주겠지?"

나날이 조금씩 그렇게, 아내의 내성은 자가 발전 하고 있었다.

"비금 어르신, 계세요? 술독 보러 왔어요, 안에 계세요? 어르신!"

인기척이 없자 나는 대문에서 한 걸음 물러났다. 대문 너머에서 고양이들이 돌아가며 울음소리를 냈다. 그제야 대문 중앙에 채운 노란 자물쇠를 발견했다.

나는 뒤안길로, 텃밭으로 집 경계를 한 바퀴 휘휘 둘러 비금댁을 찾았으나 인기척도 그림자도 보이지 않았다.

"어제 다른 어르신들은 못 만났어? 장평 할머니는 아시지 않을까? 저기 회관 정자에 가서 한번 물어봐 봐. 오후에는 거기에 모여 계신 것 같아. 아니면 내가 이장님한테 전화해 볼까?"

"아니야, 조금만 있다 내가 회관이랑 정자에 한번 가 볼게."

오후에는 한길 너머에 있는 마을 회관에라도 나가 비금댁의 행방을 정확히 알아봐야 했다. 약속을 두고 갑자기 사라진 것은 보통의 일을 초과하는 것이었다. 하루하루 안녕을 챙겨도 아침저녁으로 다른 나이, 팔순을 넘긴 비금댁이었다. 더구나 며칠 전까지만 해도 비금댁은 혼자서 마을버스를 타고 장에 나설 만큼 다리도, 정신도 짱짱했다. 나는 아내의 심부름으로 오전 강의를 마치고 귀가하는 길에 시장에 들렀다. 점심때가 지났으므로 이리저리 따져 둘러볼 겨를도 없이 늘 다니던 생선전으로 직행해 갈치를 샀다. 거기서 비금댁을 만났다. 젊어

오죽(烏竹_Black Bamboo) | 37

서 먼저 떠난 남편의 제사라고, 채반 위에 진열된 민어를 눈으로 재고 있었다. 나는 김귀려 여사의 장보기를 기다려 함께 집으로 돌아왔다. 활짝 열린 비금댁 대문 앞에 차를 세우고, 묵직한 장바구니를 집 안까지 옮겨 놓았다. 집 안은 조용해도 너무 조용했다. 아직 얼굴선이 희미한 새끼 고양이 세 마리가 대청마루 밑에서 경계의 눈빛을 내게 뿌리며 어슬렁거렸다.

"술 거를 때 되얐으니께 낼모레 보드라고. 덕분에 잘 편히 왔네, 그려."

마중을 나온 검은 얼룩 고양이를 달고 대문 안으로 사라지는 그녀의 뒷모습이 쓸쓸해 보였다. 다시 차에 시동을 걸었을 때만 해도 당신 마음처럼 이제는 누구도 챙기지 않는 제사를 홀로 챙겨 내는 그 마음이 얼마나 허무할 것인가, 그렇게 생각했다.

그러다 뭔가 뒤통수가 간지럽고 기분이 묘해졌다. 그러고 보니 장에서부터 비금댁의 말투도 낯빛도 이상했다. 평일이고 아직 시간이 일러 그럴 거라고 나는 속으로 꾹꾹 수긍을 했으나, 집에 와서 이른 저녁으로 아내와 갈치조림을 먹을 때까지도 수긍의 반대쪽에서 고개를 들었던 의심은 가시지 않았다. 아무리 그래도 제사라 치면, 일곱이나 되는 자식들 중 적어도 누군가는 와 있어야 정상이 아니겠는가. 비금댁은 내게 오십년 되는 기제사라고 했고, 그래서 오늘은 딸자식들, 손주들까지 다 올 거라고 했다. 제수가 아니라 손주들 입에 맞춰 상에 올릴 생선을 산다고도 했다.

나는 마을 회관 옆에 붙은 당산나무 아래 정자로 향했다. 분명 바람은 후텁한 땅 내음을 떨쳐 내고 가슴을 쏴아아 쓸면서 선선해지고 있었다. 곧 들판도 노랗게 변할 터였다. 초여름에 시작했던 술 빚기는 한 계절을 통으로, 온전히 정성을 쏟아부어야 하는 것이었다. 그래, 어디 한 계절뿐인가. 비금댁 닫힌 대문을 지나고 마을을 반으로 가르는 도로를 건너며 힐끔힐끔 몇 번을 뒤돌아보았다. 혹시나 고양들이 따라 나오지 않았을까 하는 생각에서였다.

정자에서 마을 어르신들 몇은 화투를 치고, 몇은 모로 누워 수군수군 일상을 나누고 있었다. 마침 마을 회관에서 볼일을 보고 터벅터벅 돌아오던 장평댁이 아픈 무릎을 감싸 쥐며 정자 마루에 올라섰다.

"서울 아들 내외가 와서 데리고 갔어. 어쩔라고 큰아들이 내려왔더만. 무릎 수술한다고 그라고 별다른 말은 안 하더만."

"며칠 전에 그 댁 어르신 제사 지내신다고 장에 제수 사러 나오셨던데요? 그때도 아무 말 없으셨어요. 사나흘 된 것 같은데요?"

"뭔 소리까? 거 제사는 한겨울인디? 그 아제 제사 정월달이여, 정월에 가셨어."

비금댁이 의아하게 답변을 하자 화투를 치고 있던 수양댁이 말을 받았다.

오죽(烏竹_Black Bamboo) | 39

"야야 그 말이 맞는갑다. 그 아짐, 정신이 오락가락하다등만. 장평 아짐은 몰것습디요?"

"아무리 그란다고 수십 년 제사 날짜도 잊어부렀을까?"

"어제 뵙기로 했는데, 오늘도 대문이 잠겨 있어서요."

"지난주에는 그짝 집이 딸래미 준다고 방앗간 가서 튀밥 튀겨 오던디?"

이번에는 누워 있던 백현 양반이 일어나 몸뻬바지를 털며 한마디를 보탰다.

"지난번에는 평촌댁한테 쫓아가서 논물 땜에 난리난리 치더라고, 골 좀 트라고."

"그것은 평촌댁이 잘못했등만. 수로에서 물 받았음 아래로 내려보내야 할 것 아녀, 물길 딱 막아 불고. 그랑께 이짝저짝 잎삭 색깔조차 다른 것 봇씨요."

"그나저나 태풍 올라온다더만 이렇게 날이 쨍쨍하니 어쩔란가."

긴 가뭄에 태풍이라도 바라는 그 마음이야 충분히 이해하고도 남았으나, 그러고 보면 도통 알아들을 수 없는 대화법은 비금댁만은 아니었다. 이 동네 어르신들과의 이야기는 끝이 항상 이런 식으로, 다른 방향으로 흘러가 버리곤 했다.

딸아이가 태어난 그해는 유독 태풍이 잦았다. 한반도를 향해 진격했던 태풍이 무려 여섯 개였다. 그 덕에 예년만큼의 더위는 느껴 볼 새도 없었던 것 같다. 여전히 기억에 남아 있는 태풍은 두 개 정도. 필리핀 남서쪽에서 발생한 태풍 여치는 일주일 만에 통영 쪽으로 육지에 올라서서 선선한 여름을 단번에 몰아갔다. 요란하기도 했고, 봄날, 곧 태어날 아이의 몫으로 마당에 심은 목련과 홍단풍, 백일홍을 무참하게 넘어트려 다시 지주대를 받쳐 세워 준 기억이 있다. 그렇게 가을이 시작되었어도 대형 태풍이 하나가 더 예보되어 있었다. 여름 태풍보다 가을에 오는 태풍이 더 지독한 법이었다. 딸아이가 태어난 것이 10월이었으니 그해의 마지막 태풍이었을 것이다. 태풍 수마리. 일기예보대로라면 우리 집은 수마리의 예정된 길 위에 정통으로 위치해 있었다. 집터를 닦을 때부터 시작된 김귀려 여사와의 신경전도 극에 달해 있을 때였다.

집 짓기가 마무리되고 우리 부부는 집에 백월헌이라는 이름을 붙였다. 백월헌에 온전히 입주한 것은 10월이 시작될 즈음이었다. 무사히 오죽밭은 깨끗하게 정리했고, 계획대로 대지의 가장 안쪽에 앉힌 집까지 넉넉한 진입로를 낼 수 있었다. 땅을 사고 집을 짓는 일이 마무리되는 것에만 일 년이 걸린 셈이었다. 마당에 일정한 간격으로 줄을 맞춰 이식한 잔디를 정리해 가며 또 일 년. 가을, 봄으로 부지런히 나무를 사다 심었다. 그러니까 지금처럼 마당이 풍성해지기까지 두 해가 더 흘렀다. 어느 도시든 중심을 조금만 벗어나면 화원들이 집단으로 자리 잡고 있었다. 우리는 그때 나무뿐 아니라 일년생 화분용 꽃들이나 다육 식물도 꽤 사다 날랐다. 화분에 있던 수국은 꽃이 지고 마당에 옮겨 심었더니 나무처럼 커졌고, 백합

오죽(烏竹_Black Bamboo) | 41

과의 나리꽃은 올해도 매실나무 밑에서 꽃을 피워 올렸다. 옹벽을 따라 내 허리 높이의 담을 쌓으려다가 그냥 광나무를 심었다. 광나무는 울타리용으로 많이들 심는 나무였다. 가지치기를 해서 모양을 잡아 놓으면 사철 푸른 담장을 만들어 냈다. 사실 창호에 건축 비용을 쏟아부으면서 돌담에서 나무 울타리로 변경된 것이었다.

그런데 그 광나무 울타리가 비금댁과의 신경전에서 단골 문제가 되었다. 옹벽을 넘어 자기 밭으로 광나무 이파리가 떨어진다는 것이었다. 이파리들이 자기네 집 뒤란의 채수 구멍을 막아서 물이 차니 대책을 세우라고 하루하루 성화였다. 이렇게 이웃에 피해를 주면 어떻게 하냐며 매일같이 쫓아 올라왔다. 그때 습관성 유산으로 고생하다 어렵게 첫아이를 임신했던 아내는 32주의 무거운 몸을 이끌고 비금댁네 뒤란을 매일같이 청소했다. 그런데 거기에서 끝나는 것이 아니었다. 청소를 하러 가면 뒷짐 지고 서서 밭일까지 시키는 것이었다. 옹벽에서, 옹벽 배수 구멍에서 물이 새서 밭을 망친다는 이유를 댔다. 그때까지만 해도 나야 아침에 학교에 나가 버리면 만날 일이 없으니 그냥 성가신 노인네로 치부하면 그뿐이었으나 집에 있는 아내는 피할 길이 없었을 것이었다.

하루는 아내의 다리가 퉁퉁 부어오른 이유를 알고 나는 참을 수가 없었다. 아내의 전화를 받고 귀가를 서둘렀다. 현관에 들어서자 아내는 다리를 절뚝이며 저녁상을 차리고 있었다.

나는 아내의 이야기도 듣지 않고 그길로 쫓아 내려가 작작 좀 하라고 꽥 소리를 질러 버렸다. 나는 살 수가 없다고, 고래고 래 사방의 담을 넘어가도록 소리를 질렀다. 젊은것들이 싸가 지가 없다고 했다. 눈을 부라리며 집을 짓는 동안 자기가 얼마 나 양보했는지, 어떻게 편의를 봐줬는지를 읊었으나, 모두 절 차에 맞게 다 합의한 사항들이었고 갈 것은 가고 올 것은 온, 이미 종료된 것들이었다. 싸움을 말리러 온 아내도 더는 말이 안 통한다고 이제는 대놓고 이사 나가자고 했다. 비금댁 김귀 려 여사는 늘 그렇듯 막무가내로 본인이 피해자인 양 행동했 다. 많은 것을 양보했다는 그것은 본인의 착각이었다. 어처구 니가 없었다. 그녀는 혼자 산다고 무시하냐며 숨을 몰아쉬면 서 땅바닥에 주저앉아 주먹을 쥐고 가슴을 쳤다. 나도 아들들 있다고 어디 한번 해보자고, 되레 악다구니를 썼다. 여든의 노 인네가 힘도 좋았다. 소리를 듣고 나온 장평댁이 이리저리 싸 움을 말렸다.

아내가 배를 움켜쥐고 주저앉았다. 장평댁이 아내를 부축하 여 집으로 올라가고 나도 곧 따라 들어갔다. 말이 안 통하는 노인네, 피해 버리지 왜 거기에 대고 대꾸하냐고 했으나, 장평 댁 또한 만삭의 아내를 놉처럼 부린 것은 모른 듯했다. 내가 지금까지의 일을 낱낱이 꺼내자, 그제야 장평댁은 혀만 찰 뿐 다른 말은 하지 않았다.

분한 마음에 우리 부부는 제대로 잠을 잘 수 없었다. 아내는

오죽(烏竹_Black Bamboo) | 43

나도 몰랐던 저간의 일들을 좔좔 읊었다. 처음에는 문제를 만들기 싫어서 그냥 아무런 대꾸 없이 적당히 맞춰 주었다고 했다. 건물이 햇빛을 가려 작물이 자라지 않는다, 위에서 지하수를 파서 물이 말랐다, 나뭇잎이 수북하게 밭에 떨어져 피해가 이만저만이 아니다, 시간이 가면 갈수록 트집이 늘었고 그때마다 자기네 집으로 내려오게 해 농사일을 거들 것을 요구했다는 것이다. 울먹이는 아내의 이야기를 듣고 있자니 다시 눈이 뒤집혔으나 아내의 상태가 걱정되어 치밀어 오르는 분을 억지로 꾸욱 눌러두었다. 마당 가운데 백일홍 나무가 몸을 심하게 떨었다. 밤새 바람이 심상치 않게 불어 댔다. 태풍이 몰고 온 빗줄기가 아침까지 투두두둑 창문을 때리곤 했다.

다음 날 이른 아침 초인종이 울렸다. 이번에는 비금댁 막내아들 대신 둘째 딸과 사위가 비바람을 뚫고 들이닥쳤다. 딸과 사위도 비금댁과 똑같았다. 아직도 진정이 되지 않은 아내의 몸 상태를 보면서도 자기 어머니에게, 새파랗게 젊은것들이 본데없이 어른을 함부로 대했다는 패륜적 태도를 언성을 높여 물고 늘어졌다. 나는 아내에게 들은 이야기를 할까 하다가 더는 할 말 없다며, 이사 나가고 말지, 이런 식으로 하면 어떻게 젊은 사람들이 시골에 자리 잡고 살겠냐고, 하고는 서둘러 현관문을 잠가 버렸다. 그러자 한참을 문 앞에서 뭐라 구시렁대던 딸과 사위는 발길을 돌리는 듯했다. 나는 그들이 갔는지 살짝 커튼을 젖히고 살폈다. 마침 우리 집 마당 앞으로 이어진 고추밭에서 우비를 뒤집어쓰고 밤새 상한 데는 없는지 고추 지주대를 살피고 있던 장평댁이 우리 집 마당으로 넘어와 딸과 사위에게 저간의 사정을 알리고 있는 듯했다. 싸움에 끼어들고 싶지 않았겠으나 아내의 상태가 심상치 않음을 감안했을 터였다.

둘째 딸과 사위가 사라지자마자 잠깐 소강상태를 보이던 비가 다시 쏟아지기 시작했다. 천둥과 번개도 쳤다. 아니 천둥과 번개로 시작한 빗줄기가 순식간에 사나워졌다. 고목이 반으로 쩍 갈라지는 듯한 굉음이 들렸다. 그리고 전기가 나갔다. 이어 스마트폰에 단음의 사이렌이 울었다. 홍수 경보가 날아든 것이었다. 거실 창에서 마당을 내다보던 아내가 갑자기 나를 불렀다. 내가 아내에게 다가갔을 때 가랑이 사이가 흥건하게 젖어 있었다. 양수가 터지고 나는 119에 전화를 넣어 구급차를 찾았다.

"지금 몽강이 넘쳐서 가동교가 유실됐어요. 그래서 마을로 못 들어가고 있는데, 위쪽으로 돌아 들어가면 한 시간은 더 걸릴 듯합니다. 지금으로선 위쪽 다리도 상황을 더 지켜봐야 할 것 같은데⋯⋯, 지금 진통 간격이 얼마나 되지요?"

다시 연락이 온 것은, 그사이 서너 번 반복되던 아내의 진통이 잦아들었을 때였다. 진통 주기가 점점 짧아지고 있었다.

사실 날씨가 아니더라도 예약해 둔 산부인과에 가려면 족히 두 시간은 걸렸다. 이곳에 자리 잡으면서 가장 불편했던 것은

오죽(烏竹_Black Bamboo) | 45

바로 병원이었다. 치과는 늘었으나, 산부인과는 사라졌다. 고령화와 인구 절벽의 염려가 사회 문제로 나타나면서 작은 농촌 소읍들의 삶의 구조가 바뀌고 있었다. 이곳도 그랬다. 막상 이곳으로 이사를 하고 보니 분만과 산후조리가 가능한 가장 가까운 병원은 두 시간이나 떨어져 있었다.

"양수 터진 지 한 시간 사오십 분 되었고요, 지금 진통은 십 분 간격인 듯해요. 빨리 와 주세요, 빨리!"

"지금 앰뷸런스로 병원까지 움직이는 것은 무리일 것 같고, 가까운 조산사라도 알아보고 보내 드릴게요."

아내가 다시 진통을 시작하자 전화에서 일러 준 대로 나는 방 하나를 비우고 출산 준비물을 챙겼다. 방바닥의 온도를 올렸다. 그리고 이장댁에 전화를 넣었다. 제일 먼저 달려온 것은 장평댁이었다. 이장에게서 연락을 받았다고 했다. 흠뻑 젖은 장평댁은 아내의 상태를 보더니 이리저리 몇몇을 단속하고는 다시 오마고 집으로 되돌아갔다. 그리고 돌아왔을 때는 비금댁과 함께였다. 비금댁은 현관에서 후다닥 신발을 벗어 내며 아내에게로 뛰어 들어왔다. 그리고 허리춤에서 호리병을 꺼내 뒤집어 손수건에 약술을 적시더니 아내의 인중에 묻히고는 장평댁을 보며 소리쳤다.

"나오것다, 나오것어. 장평떡아, 우리 집 고방에 붉은 보퉁이 있어. 거기 보믄 무명실하고 가위 있을 거니까 다시 가서 좀 갖다주소. 청자 단지도 같이 있을 거여. 태 담아 두게 같이 가져오소."

장평댁이 방을 나서자 나도 따라 일어섰다. 무엇을 해야 할지 어떻게 도와야 할지 몰랐다.

"자네는 그렇게 서 있지만 말고 머리맡에 와서 새댁 팔목이나 꽉 잡어! 새댁이 힘써야 된께 당기지는 말고."

조금 잠잠하던 아내가 다시 진통을 시작하면서 내 손목을 있는 힘껏 쥐어짰다.

"되얐어! 머리 나온 거 본께 걱정은 안 해도 되것네, 괜찮구만, 인제 숨 한번 쉬고 한 번에 힘을 써 봐! 자, 하나, 둘, 끙-. 한 번 더, 힘 풀지 말고, 한 번 더, 하나, 둘, 끙-차. 올치, 올치 다 되얐어! 되얐어!"

비금댁은 딸아이를 받자마자 장평댁에게 넘기고 능숙한 솜씨로 탯줄을 서너 번 훑은 다음 장평댁이 가져온 무명실을 자르지도 않고 탯줄을 한 뼘이 못 된 간격으로 양쪽에 묶었다. 그리고 탯줄과 실을 가위로 한 번에 잘랐다. 장평댁은 아이의 얼굴을 수건으로 몇 번 닦아 내더니 아이의 두 발목을 잡아들고 엉덩이를 두어 번 톡톡 쳤다. 그리고 손가락, 발가락을 확인했다. 비금댁이 자른 탯줄 끝을 술에 살짝 적셨다가 장평댁에게 마저 건네고 아이 얼굴만 빼고 담요로 감싸 안았다. 그제야 아이가 울음을 터트렸다. 연약한 소리였다. 비금댁은 아기 탯줄이 짧으면 오줌을 자주 눈다고 해서 탯줄을 길게 잡았다고 했다. 마치 한 사람처럼 두 노인네가 손발이 척척이었다.

오죽(烏竹_Black Bamboo) | 47

일그러졌던 아내의 미간이 다시 평온해 보였다. 나는 땀범벅이 된 아내의 얼굴을 수건으로 닦아 주었다.

"인자, 자네는 나가 있어. 힘 한 번 더 써야 할 거이야."

그렇게 방에서 나온 나는 미역국이라도 끓일 양으로, 냉장고에서 언 소고기 국거리를 찾아 내어놓고 마른 미역을 찬물에 담가 두었다. 그때 장평댁이 청자 단지를 들고 방에서 나왔다.

"젖 물리고 있으니까 조금만 기둘려. 방에 물도 한번 갈고 애기 좀 씻기고 하게. 그라고 이 탯단지는 뒀다가 나중에 마당 한쪽에 묻어 두고."

청자 단지를 나에게 건네면서 찬물에 담가 둔 미역을 손으로 쓰윽 휘저어 보더니,

"하이고 이 미역으로는 안 되야. 쪼매 있어 봐. 우리 집에 사골 미역이 남은 게 어디 있을 거여."

그렇게 딸아이는 태어나면서부터 아랫집 그녀, 김귀려 여사, 비금댁의 손을 탔다. 나중에 도착한 구급대원들은 헛걸음했으나 다행이라며 되돌아가고 함께 온 출산 도우미는 집에 남았다. 그제야 양쪽 집 어머니들의 전화가 빗발치기 시작했다. 태풍이 지나고 다음 날, 잠잠해진 바람길을 뚫고 온 어머니는 산모와 아기가 건강한 모습을 보고 안심하는 듯했으나 들고 나는 사람들 조심하라고 몇 번씩 단속했다. 장모도 다르지 않았다. 아침, 점심, 저녁 전화로 아내의 상태를 확인하던 장모는 태풍이 동해에서 열대성 저기압으로 소멸하고 나서야 출산한

딸 수발을 들겠다고 장인과 함께 집에 왔다. 산부인과 의사가 왕진을 오고 아이의 상태가 무탈하다는 말을 듣고는 도의 경계를 넘어 다시 돌아갔다. 정작 아이를 받은 비금댁은 그날 이후 한 번도 집에 올라오지 않았다. 그녀의 태도가 변한 것에 우리 부부는 딱 한 가지 이유로 정리했다. 바로 이곳이 탯자리인 딸아이 때문이라는 것. 그녀 또한 이곳으로 시집온 타관 사람이었기에 텃세를 부릴 명분이 없어진 것이다. 더구나 자신의 손으로 받아 낸 아이였기에 딸아이가 보일라치면 한 세월 자신의 곁을 지켜 온 고양이도 멀리 밀어 내곤 했다.

* * *

그녀가 집으로 돌아온 것은 일주일이 지난 후였다. 아내와 함께 딸아이 폐렴구균 백신주사를 맞추러 읍내 의원에 나갔다 막 현관에 들어서자 집 전화가 울렸다. 비금댁이었다.

"술 걸러야쓴께, 술 걸러 버려야…, 얼른, 얼른 내려오더라고. 그렇게 굼떠서 지대로, 지대로 하것어?"

병원은 잘 다녀오셨냐는 말에도 시큰둥, 비금댁은 어눌하게 말을 이었다.

"더 익어 불믄, 익어 불믄, 약은커녕 귀신 코콧, 구멍에도 모, 못 디밀게 생겼으니께 오늘은, 오늘은 걸러야 쓰것는디."

평소와는 다르게 말을 더듬고 있었다. 아내에게 통화 내용

오죽(烏竹_Black Bamboo) | 49

을 전하자 아내는,

"전신마취로 큰 수술하고 나면 그러는 경우도 있더라, 무릎 수술했다고 했지? 노인네 후유증일 수도 있어. 가서 잘 살펴봐."

그리고 잠이 깊이 든 딸아이를 침대에 눕혔다. 나는 입성 그대로 아랫집으로 향했다. 다시 대문은 활짝 열려 있었고 마당을 가로질러 술 창고 문도 활짝 열려 있었다. 대문을 통과하자 코끝에 솔 향이 닿아 톡톡 터졌다.

비금댁은 이번에 새로 담은 술동이 안을 한참이나 들여다보고 찍어 맛보고 하더니 나에게도 권했다. 나도 살짝 술을 찍어 입에 댔다. 대나무 향에 솔 향이 섞여 은은하게 감돌았다.

"이-이것보다는 살짝 덜 익은 마-맛이 나서 걸러야, 걸러야 낸중에 더-더 깔끔하게 떨어져. 올해 것은 사-살짝 지나가 부렀구만. 그래도 맛은 괘안찮다. 그-그제?"

비금댁은 먼저 한 치 정도 떨어져 있던 빈 항아리 뚜껑을 뒤집어서 바닥에 내려놓고 빈 항아리를 술동이 옆에 바싹 붙였다. 두 항아리의 볼록한 배가 딱! 소리를 내며 닿았다. 용수를 담가 꾹꾹 누르자 용수 안으로 술만 빠져나왔다. 비금댁은 조심스럽게 어린아이 손바닥만 한 조롱박 바가지로 술을 퍼 담기 시작했다. 몇 번을 누르고 퍼 담고 하던 끝에 술동이의 바닥이 보이자 베 보자기로 마저 걸러 마저 새 항아리에 옮겨 담았다.

새 항아리 안은 이제 녹차 같은, 연한 초록 빛깔이 차올라 있었다.

"이제 또-또 기다려야 써. 한 일곱 날, 아니, 아니 스무 날 정도는 기다려야 할 거-것인디."

그러고는 한쪽에 반질반질하게 닦인 소줏고리를 내게 내어 주었다.

"이거 자네가 가져가. 이제 마지막, 끝이지 싶어. 이 씨술 항아리도. 인자, 인자 나는 그만할라네."

나더러 가지고 갔다가 때 맞춰 소독해서 스무 날 후에 소주 내릴 때 가져오라는 것이었다. 그대로 창고에 두면 또 닦아야 하니까.

이튿날 막내아들이 부러 우리 집을 찾아왔다. 그리고 비금댁의 상황을 알렸다.

"어머니께서 자네한테 창고 술항아리 주라고 신신당부하더라고. 열쇠 여기 있네. 시간 날 때 옮겨 가시게."

비금댁을 요양병원에 모셨다고 했다. 아무래도 연세도 많고 치매를 관리해 줄 사람 하나 없어서 그리 결정했다는 것이었다. 나는 막내아들이 대문 밖으로 사라질 때까지 열쇠를 꼭 쥐고만 있었다.

* * *

마당 가운데 아궁이를 만들어 무쇠솥을 걸고, 채반을 받쳐 항아리의 술을 쏟아부었다. 한번 걸러 재차 발효를 시켰으나 그래도 적잖게 지게미가 남았다. 시룻번을 만들며 아내는 코를 연신 킁킁거렸다.

"아 냄새, 꼭 깊은 숲에 들어온 것 같아. 육전 막 부쳐서 안주로 두고 마시면 딱 좋겠네. 냄새가 싫지 않지?"

소줏고리 몸체를 올리고 이음매에 시룻번을 꾹꾹 눌러 김이 새지 않게 둘렀다. 마지막으로 머리 뚜껑으로 막고 시룻번을 역시 꼼꼼하게 붙였다. 그리고 얼음을 머리 뚜껑에 가득 채웠다.

"이러다 당신 딸 술꾼 되겠어! 매실 잘못 멕인 것도 기억나지?"

그랬다. 매실청이 익어 술이 된 줄도 모르고 아이에게 먹인 것이었다. 그때 아이의 행동은 두고 볼수록 가관이었다. 웃다가 웅얼거리다가 비틀거리다가 그러다, 침대로 가서 잠이 들었다. 놀라지도 않고, 느긋한 아내의 말투에 나는 옛 추억 하나 들추는 것이라고, 생각하며 딸아이를 확인했다. 기분이 좋아 보였다. 언제 다가왔는지 아내가 내려놓은 채반 옆에서 딸아이는 그것을 입으로 가져간 모양이었다. 손가락을 쪽쪽 빨고 있는 아이를 발견했을 때는 이미 늦은 것이었다. 체망에 걸린 술지게미를 손으로 쥐락펴락하며 놀았던 딸아이는 불그레한 얼굴로 데크 위에 깔아 둔 돗자리에 누워 뒹굴거렸다. 무엇보다 아이가 얼마나 먹었는지 도통 알 수는 없었으나 아이는 술이 다 된 매실청을 먹었을 때처럼 웃다가, 웅얼거리다가, 비틀거리다가, 그러다 돗자리로 가서 잠이 들었다.

아궁이에 불을 지폈다. 중요한 것은 불 조절, 불이 싸면 술에서 탄내가 난다고 했다. 아궁이의 온도는 일정해야 했다. 물보다 빨리 끓는 술은 수증기가 되어 올라가다 차가운 뚜껑에 막혀 소줏고리 안쪽에 맺혔다가 미끄러져 고리를 통해 추출될 터였다. 불을 지피고 얼마 지나지 않아 꼭지에서 맑은 물방울이 똑똑 떨어지기 시작했다. 똑똑똑똑 간격이 빨라지고 나는 다시 불을 조절했다. 아내는 소줏고리 머리 뚜껑에 얼음을 다시 채웠다.

"이거 비금 할머니 먼저 가져다줘야 하지 않아?"

나는 첫 술병을 들고 아랫집으로 내려갔다. 이제 비금댁은 없었으나 대문은 여전히 활짝 열려 있었다. 검은 얼룩 고양이가 마루 밑에서 튀어나와 내게로 왔다. 나는 인기척이 있는 부엌 쪽으로 발길을 잡았다.

"계시나요? 윗집에서 왔어요!"

주방 문이 열리고 둘째 딸이 나왔다. 나는 술을 내렸다고 병을 건네며 비금댁에게 가져다주라고 했다. 큰 병원에서 알츠하이머 진단을 받고 생의 마지막 술을 내겠다고 잠시 돌아왔던 비금댁은 그날 저녁으로 치매를 전문적으로 관리하는 요양원으로 들어갔다. 비금댁이 집을 떠나던 날 막내아들은 내게 곧 대소변을 못 가릴 정도가 될 듯싶다고 했다. 비금댁이 가고 일주일도 안 되어 둘째 딸과 사위가 도시의 삶을 정리하고 이

오죽(烏竹_Black Bamboo) | 53

곳으로 내려왔다. 오래전부터 계획되고, 자식들 간 합의된 일이라고 했다.

"수고했네요. 쉽지 않았을 텐데, 나도 맛 좀 봐도 될까요?"

"그럼요, 지금 내리고 있으니까 더 가져다드릴게요. 이것은 처음 나온 것을 받아 둔 것이라 어르신께 먼저 드리면 좋겠어요."

"네, 잘 전달해 드릴게요. 잠깐만 있어 보세요. 제가 애기 주려고 장에서 뻥튀기 사다 놨어요. 엄마가 정신 돌아오면 몇 번씩 이야기하길래……. 이거 가져다 애기 주세요."

뻥튀기를 두 봉지를 받아 들고 다시 올라왔을 때 아내는 술맛이 좋다고, 요리에도 유용하게 쓸 것 같다고 했다. 그리고 살짝 입에 대 보더니 켁켁댔다.

나는 뻥튀기를 안주 삼아 아내가 남긴 술을 홀짝거렸다. 증류를 거치자 솔 향은 거의 사라지고 대나무 향이 깊어져 있었다. 술기운이 오르자 집을 짓겠다고 땅을 보러 왔을 때 쏴, 쏴 이리저리 온몸으로 바람을 쓸던 오죽밭이 떠올랐다.

아! 그 여름 그리운 오죽!

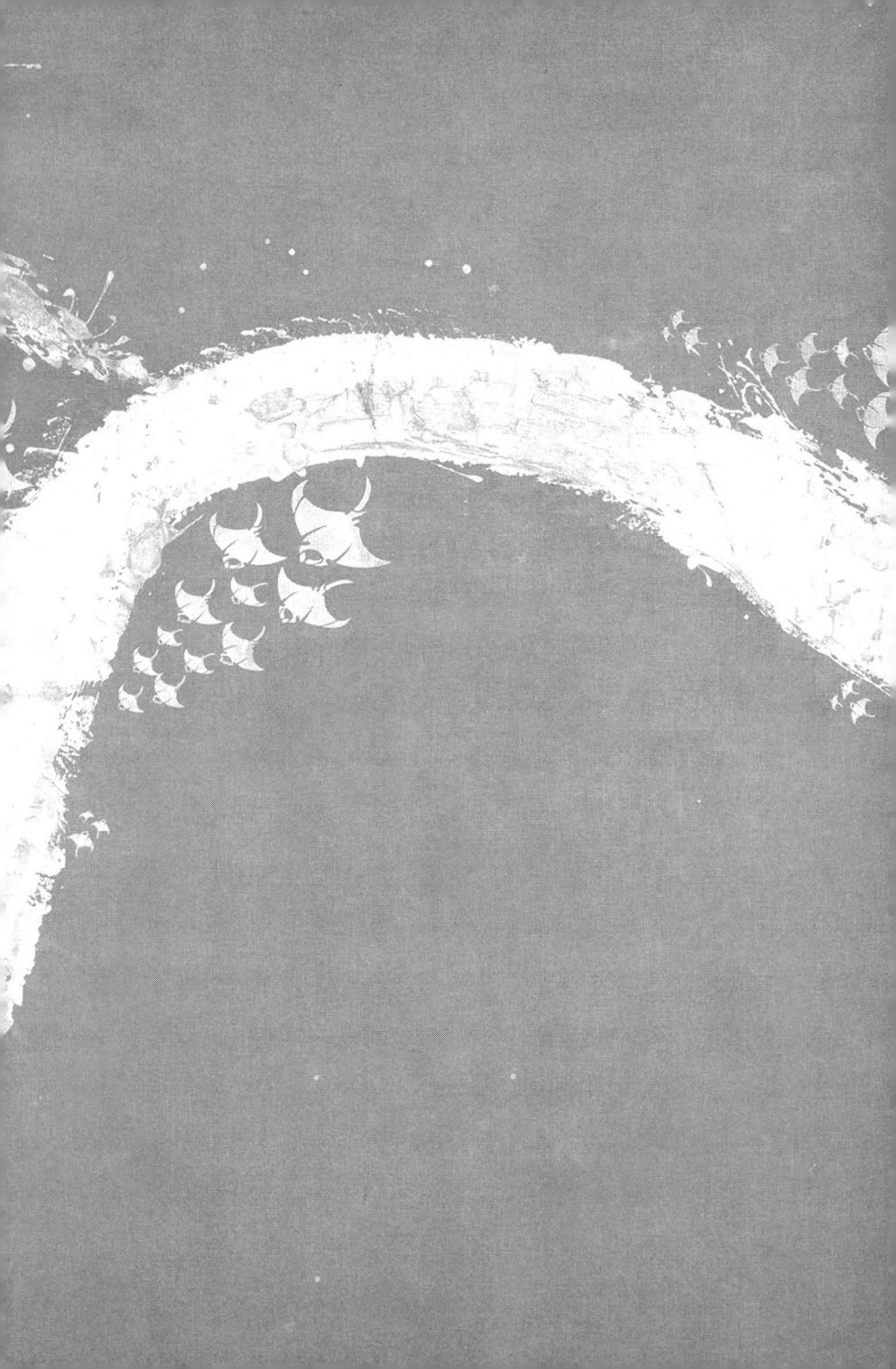

장꽃(醬花__Soy sauce blooms)

아내의 블로그가 이렇게나 대박이 날 줄은 꿈에도 생각하지 못했다. 하루 평균 방문자 수가 고작해야 50명 정도이던 것이 일주일 새 1천 명을 돌파했고, 두 달 만에 1만 명에 육박했다. 일주일 만에 새로운 레시피를 업로드하기 위해 컴퓨터 앞에 앉은 아내가 블로그 통계 창을 확인하며 흥분을 감추지 못했다. 나는 큰일이라도 난 듯, 아내가 내는 갈매기 소리에 서재 컴퓨터 앞으로 잽싸게 뛰어갔다. 그도 그럴 것이 아내의 흥분은 지금껏 내가 보지 못한 모습이었기 때문이었다.

"Followers, 29,993명이 이 블로그를 구독 중입니다."

일, 십…… 만. 그러니까 정기적으로 아내의 블로그를 구독

하고 있는 사람이 2만을 훌쩍 넘은 것이었다. 일평균 블로그 방문자 수 1만 명을 넘은 것은 '이달의 블로그'에 선정된 직후였고, 핫토픽에서 2주를 더 머물렀다. 거기다 한동안 포털 사이트 검색어 순위 상위권을 유지하는 음식 관련 키워드들까지, 운이 좋았다고 말한다면 돌팔매질당할 일이지만, 사람들이 집 밖을 훌훌 나다닐 수 없는, 전 세계적 거리두기 상황도 한몫 단단히 했을 터였다. 방문자 수가 1만을 갓 넘었을 때만 해도 우리 부부는 포털 사이트 메인 페이지의 위력이겠지, 거품일 거야, 그렇게 이달이 지나 메인 페이지에서 블로그 접속 루트가 사라지면 방문자 수도 줄어들 거라 생각했다. 그런데 이제, 정기 구독자만 3만이라니, 언제 어디서고 늘 차분함을 잃지 않던 아내의 흥분이 이해되긴 했다.

아내가 Y 포털 사이트를 통해 요리 레시피 블로그를 개설한 것은 3년 전이었다. 결혼 전부터 이런저런 음식을 하는 것에 관심도 있었고, 만든 음식을 가까운 사람들과 나누는 것에도 나름의 즐거움을 누리고 있었다. 한창 연애할 때도 사 먹는 식당의 밥맛을 아쉬워하다 결국 결혼 전까지, 족히 삼 년은 모양을 낸 도시락을 싸서 다녔다. 매번 그런 것은 아니었으나, 식사를 두 번은 해야 하는 긴 데이트가 계획되어 있던 날은 예외 없이 한 번은 도시락을 꺼냈다. 내 혀의 기억을 더듬어 보자면, 그때 아내의 음식은 내 입맛에는 약간 싱거웠으나 정갈하고 깔끔해서 좋았다. 아마도 젊었을 적부터 당뇨가 있던 친

장꽃(醬花_Soy sauce blooms) | 59

정아버지에게 최적화된 친정어머니의 레시피가 몸에 배어 있었기 때문이었겠으나, 아내는 항상, 나의 과민성대장증후군을 위해 간을 약하게 했다고 말했다.

분명, 아내는 시집을 오고부터 시어머니의 스타일에 물들어 간이 강해지기 시작했다. 내가 밥을 먹다가 짜다고 한마디 덧붙일라치면 아내는 자신이 변한 것이 아니라 음식의 지역적 차이 때문이라고 변명하곤 했다. 김치를 담그는 일만 봐도 그랬다. 친정집은 지리산 서쪽 자락이 휘감은 곳으로, 이 지역 사람들은 대부분 김치를 담글 때 되도록 젓갈을 줄여 깔끔하고 시원한 맛을 냈다. 반면 섬들이 환히 바라보이는 남도 끝자락의 시어머니는 여러 젓갈에 생선 토막까지 섞어 간간하고 칼칼하게 김치를 담갔다. 그래서 아내는 시원하지도 간간하지도 않은 김치를 만들었다. 시댁 근처에서 전원생활을 시작하면서부터 친정어머니와 시어머니의 중간을 찾으려 애쓰는 듯했으나, 그럴수록 결혼 전보다는, 나날이, 자연스럽게 간이 강해지는 것이었다.

읍내를 나다니는 마을버스도 시간당 하나만 지나치는 이곳, 옥계마을 백월헌에 처박히면서 아내는 자의 반 타의 반으로 자기 일을 포기했다. 스스로 대처로 나다닐 수 있는 기동성이 없는 것도 문제였지만, 무엇보다 몇 차례의 유산으로 몸이 허락하지 않았다. 그래서 마당 한쪽에 마련한, 요리에 쓸 작은 텃밭을 관리하고, 그날그날 입에 당기는 먹거리를 만드는 일이 내가 출근하고 나면 자기만의 시간을 보내는 좋은 방법이었다. 대부분 양가 어머님들이 해 주는 것을 택배로 넙죽넙죽 받아다 먹기만 하면 되었으나, 겉절이 같은 간단한 계절 김치나 청, 피클 같은 절임 정도는 아내가 직접 담가 먹었다. 특히 초여름쯤이면, 오늘 담근 김치라며 열무나 부추, 고구마 줄기, 얼갈이배추김치가 순번을 타고 저녁상에 올랐다. 나는 최대한 의례적으로 칭찬을 폭풍처럼 쏟아 주었다. 맛이 없는데, 무조건 좋다고 말하는 '의례적'은 아니었다. 종일 혼자 집을 지키는 안쓰러움이 첫째였고, 결혼 전 취미를 이어 나가는 아내를 향한 응원이 둘째였다. 오랜 연애 기간에도 불구하고, 흔히 말하는 육 개월 달달한 신혼에서만 가능한 그런 애틋한 마음 씀이 백월헌, 이 집을 짓는 어려움을 함께 넘어오는 동안 새록새록 생겨난 것이었다.

그래도 여전히 요리에 쓸 기름이나 장류, 젓갈류, 고춧가루 같은 기본양념은 철마다 양가 어머님들의 손을 타고 택배로 배달되었다. 그 '루틴'을 마저 벗어나겠다며 맨 처음 시작한 것이 바로 된장 담기였다. 사실 처음 시작이 된장이 된 것에는 특별한 이유가 있었다. 눈치 빠른 이라면 짐작했겠지만, 아내에게 도저히 극복이 안 되는 것이 '간'이었다. 결혼 전에는 짜다의 기준이 그 누구보다 확실했던 아내는, 결혼을 하고 이곳으로 내려오면서 그 기준이 흐트러졌다. 애틋함은 어느 순간, 흐트러진 기준만큼, 딱 그만큼 우리 부부 사이의 거리가 되어

장꽃(醬花_Soy sauce blooms) ㅣ 61

있었다. 그 거리에 대해 굳이 변명을 하자면, 맛이 있다/없다가 아니라 싱겁다/짜다의 각자 기준 설정, 더 깊이 생각해 보면 유년기 길들여진 입맛 경험 차이였을 것이다.

15년, 긴 연애 시절 동안 언성을 높여 싸운 기억이라곤 딱 두 번뿐이었다. 지금도 그때를 생각하면 덜컥, 심장 한쪽에서 '쿵' 소리가 들리는 듯하다. 완연한 봄이었는지 싱싱한 초여름이었는지 정확히 기억나지는 않지만, 그날은 약속된 목요일이었고, 지방으로 시간 강의를 다니던 나에게 유일한 휴일이었다. 그때 아내는 가야금으로 대학원에서 석사학위 과정의 마지막 학기를 이수 중이었다. 아내가 다니던 대학은 캠퍼스가 두 개였다. 본교인 1캠퍼스는 서울에, 2캠퍼스는 본교에서 두 시간 거리의 R시에 있었다. 대부분의 이론 수업은 아내의 집에서 가까운 본교에서 이루어졌으나 실기 한 과목은 2캠퍼스로 가야 했는데, 그래서 늘 목요일마다 아내와 동행해서 아내의 실기 수업이 끝나면 함께 되돌아왔다. 그것이 그 시절 우리에게 허락된 데이트 시간이었다. 아내가 R시 캠퍼스에 가려면 우리 집을 거쳐 가야 했으므로, 캠퍼스와 더 가까운 우리 집 인근의 지하철역에서 접선하면 되었다. 그런데 문제의 그날, 나는 깊은 잠에 빠져 아내와의 약속 시간을 훌쩍 넘겨 버렸다. 내가 정신을 차리고 휴대전화의 시간을 확인한 순간, 부재중 통화만 17번이 찍혀 있던 2G폰의 작은 창은 나의 사방을 새카맣게 덮쳐 버렸다. 나는 세수도 하는 둥 마는 둥 하고 2캠퍼스로 차를 몰았다. 그리고 아내에게 납작 엎드려 싹싹 빌었다. 곧 아내는 마음을 풀었으나, 지금까지도 자기가 불리한 위치에 놓였을 때마다 두고두고 곱씹는 일이 되어 버렸다. 아마 그때가 아내와 나의 연애 시절 최대 위기였을 것이다.

두 번째로 붙은 것은 그로부터 일주일이 흐른 후였다. 다시 돌아온 목요일, 나는 긴장할 수밖에 없었다. 전날 지방 대학의 시간 강의를 마치고 올라오는 길에, 앞선 차들의 연쇄 추돌 사고로 꽉 막힌 고속도로에서 시간을 다 버리고 새벽에야 집에 도착했기 때문이었다. 일주일 전에 있었던 일로 잠에 쉽게 들 수가 없었다. 그래서 그냥 자리를 털고 일어나 그대로 날을 샜다. 아침에 아내를 데려다주고 수업이 끝날 때까지 도서관 대신 운전석을 젖혀 놓고 눈을 좀 붙여야겠다고 생각한 것이다. 그 속을 몰랐던 아내는 푸석한 내 얼굴을 보며 또 밤새 스타크래프트를 한 것이냐고 추궁했으나, 오래지 않아 허벅지 위에서 가락을 복기하던 손가락을 툴툴 털며 악보를 펼쳐 들었다. 아내를 내려 주고 긴장이 풀렸는지 나는 바로 주차장에서 곯아떨어졌다. 그렇게 우리는 그날을, 목요일을 무사히 넘기는 듯했다. 아내의 수업도 끝났고 나도 잠을 보충하고 나자 슬슬 허기가 졌다. 우리는 캠퍼스 가까운 곳에서 저녁을 먹게 되었다. 메뉴는 부대찌개. 자주 들러 한 끼를 해결하던 곳이었고, 맛집으로도 소문난 곳이었다. 아내는 오늘도 기다리느라 수고했으니 자기가 계산하겠다며 앞장서서 식당 문을 열고 들

장꽃(醬花_Soy sauce blooms) | 63

어가 자리를 찾아 앉았다. 늘 그렇듯 무빙트레이로 음식이 도착했고 테이블 중앙 가스버너 위로 부대찌개 냄비가 놓였다.

"오늘따라 육수가 부족한 것 같지 않아? 짤 것 같은데?"

아내는 국자로 얇실하게 뜬 야채를 한쪽으로 걷어 냈다. 그리고 막 끓기 시작한 국물을 한 국자 떠서 아직 풀어지지 않은 양념 덩어리 위로 주르륵 따라 냈다.

"여긴 모든 게 계량해서 나오는 곳인데 그럴 리 있겠어? 졸아들면 육수만 더 달라고 하자."

그러고 보니 평소보다 국물의 양이 적은 듯도 하였으나, 나는 신경 쓰지 않았다. 기다렸다가 버너 불을 줄이고 막 수저질을 시작했을 때 냄비 속 가장자리에 국물이 눌어붙기 시작했다. 사리 면이 뚝뚝 끊어지는 것은 차치하더라도 그런대로 짠음식을 불평 없이 잘 먹는 내 입에도 졸아 버린 국물은 너무짰다. 육수를 추가로 부어 달라고 아내가 먼저 요청했으나, 기다려도 답이 없자 내가 한 번 더 불렀다. 종업원은 귀찮은 듯한참만에야 슬리퍼를 소리 나게 끌며 우리 테이블로 다가와서는 주전자를 들어 육수를 콸콸 쏟아 버리고 돌아갔다. 아내는분명 "그만요"라고 제지를 했으나 종업원은 못 들은 듯, 어쩌면 못 들은 체, 계속 육수를 콸콸 부어 버렸다. 이제 국물은 밍밍하고 싱거워졌다. 끝에 채소 탄내도 입안에 남았다. 나는 버너의 화력을 다시 높였다. 어느 정도 국물이 졸았으나 아내는결국 들고 있던 숟가락을 놓아 버렸다. 하지만 그 또한 개의치 않고 나는, 눈치도 없이 후다닥 공깃밥을 다 비웠다.

종업원의 태도도 그렇고, 아내는 말 한마디 않고 그것을 싹싹 비워 먹은 내가 못마땅했던 모양이었다. 아내가 카운터에서 계산하면서 주인에게 서빙 태도에 대해 한마디 했던 것을 주인이 맞받아치면서 옥신각신해졌다. 주인은 점점 아내의, 소비자의 갑질로 몰아가기 시작했다. 상황이 점점 커지는 것 같았다. 나는 영수증을 받아들고 서둘러 아내 팔을 잡아끌어 나왔다. 일단 상황은 종료되었으나 돌아오는 차 안에서 내내 가시방석이었다. 옳건 그르건, 자기 입장에서 함께 맞서 주지 않았다는 원망을 들어야 했던 것이다. 그래서 우리 부부는 지금도 부대찌개를 일부러 만들거나 찾아 먹지는 않는다.

* * *

누적 방문자 수만 이제 천만에 육박하는 아내의 블로그는 똑같은 음식을 시어머니식과 친정어머니식으로 나누어 소개했다. 양쪽 어머니의 필살기 음식들은 겹치는 것이 많았다. 김치 종류는 물론이고 육류, 생선류, 탕과 찜 요리, 부각에 한과 같은 주전부리까지 각자 자기만의 레시피를 가지고 있었다. 아마 두 어머니 모두 한 해에 예닐곱 번은 손수 치러야 하는 집안의 제사 때문일 터였다. 자신이 가진 음식에 대한 자부심 또한 견고함을 넘어 성스러운 종교와도 같았다. 아이러니하게

장꽃(醬花_Soy sauce blooms) | 65

도 이것이 아내가 블로그를 시작하는 계기가 되었으나, 사달의 씨앗을 품고 있기도 했다.

"응 엄마, 그래서……, 마지막에 고기에 들기름을 쓰고, 받아 적고 있으니까 천천히 좀 불러요. 네, 간은? 국간장 살짝, 네, 삶아서 밑간하라고요?"

일요일 오후, 아내는 두 돌을 갓 지낸 딸아이를 내게 맡기고 다음 회차 블로그에 소개하겠다고 친정어머니의 레시피를 전화로 다시 확인했다. 통화를 끝내고 마침내 요리가 시작되었다. 이 주의 요리는 고추장돼지갈비찜. 비교 포인트는 돼지고기가 아니라 고추장이었다. 시어머니의 고추장은 홍시조청으로 담은 장이었고, 친정어머니의 것은 국화를 사용한 것이었다.

"오늘은 고추장이야. 하나는 국화 가지고 담근 고추장이거든. 국화 향이 은은히 나는데, 이것이 매운맛을 좀 가볍게 만들어 주지. 해남 엄마 것은 홍시조청으로 만든 거야. 단맛이 확실히 다른 것 같아. 그래서 오늘은 돼지갈비찜 할 건데, 하나는 국화고추장 쓰고 다른 하나는 홍시고추장 쓸 거야. 이따 맛보고 오늘은 맛을 확실하게 표현해 줘야 해."

아내는 재료가 모두 준비되자 나와 딸아이를 불러 아일랜드 식탁 앞에 앉혀 놓고 요리를 시작했다. 유아용 식탁 의자에 갇힌 딸아이가 엉덩이를 들썩이며 제 엄마의 움직임에 반응하기 시작했다. 내 손에는 스마트폰이 들렸다. 요리하는 모습을 영상으로 찍어 달라고 요청한 것이었다.

66 ㅣ 장꽃

내 사인에 맞추어 아내는 요리의 전체 과정을 먼저 장황하게 설명했다. 요약하면 두 요리 모두 돼지갈비를 삶아 밑간을 하고 고추장으로 양념하여 졸인다,가 전부였다. 그 정도 가지고 맛의 차이가 날지 의심스러울 정도였다. 나는 시작이 너무 길지 않냐고 참견했다. 아내는 눈을 흘기며 한마디 하려다, 녹화 중인 스마트폰을 확인하고는 바로 인상을 바꾸었다. 그리고 따로 준비한, 시어머니식과 친정어머니식에 사용될 재료를 하나하나 설명했다. 재료에 대한 설명이 끝나고 동시에 두 요리를 시작하였다. 휴대용 버너도 두 개, 냄비도, 국자도 두 개였다. 처음에는 똑같아 보였으나, 미세하게 차이를 보였다. 예를 들어 돼지갈비를 한번 삶아 내는 것은 같은데, 삶을 때 집어넣는 것들이 달랐다. 시어머니는 아내의 손으로 반 줌 정도 되는 녹차 분말과 막걸리 식초를 한 스푼 넣는다면, 친정어머니는 통후추와 통마늘, 월계수 잎을 넣었다. 또 시어머니는 홍시고추장과 참기름을, 친정어머니는 국화고추장과 들기름을 사용했다. 마늘을 다진 정도도 차이를 보였다. 아내는 식탁 한쪽에 깨알같이 글자가 적힌 수첩을 놓고 힐끔힐끔 쳐다보면서 쉼 없이 설명을 붙이며 요리를 이어 나갔다. 아무리 엉덩이를 들썩여 보아도 눈도 맞추어 주지 않고, 제 할 일에만 빠져 있는 엄마 아빠 사이로는 도저히 껴 들어갈 틈이 없었음을 알았는지, 딸아이는 어느새 소리 한번 내 울어 보지도 않고 꾸벅꾸벅 졸고 있었다.

두 요리가 완성되고 맛을 확인할 차례였다. 그동안 블로그에 탑재되었던 맛에 대한 평가들은 두 요리를 대조하여 어느 것이 낫다고 평가하는 것이 아니라 각 레시피의 장점을 이야기하는 것으로 마무리했다. 예를 들어 음식에 따라 구수한 것을 원하면 시어머니 레시피를, 깔끔함을 원하면 친정어머니 레시피를 추천하는 그런 식이었다. 딸과 며느리를 아우르는 아내의 현명한 지점이었다.

나는 요리 경연 프로그램의 심사 위원이나 된 것처럼 수저를 들고 냄새부터 맡았다. 아내는 젓가락을 식탁에 두드리며 두구두구두구, 효과음으로 기대감을 부풀렸다. 그런데 내 수저가 이 주의 요리들에 닿기도 전에, 빈 수저에 가득 쌓인 기대감을 허물며 초인종이 울렸다.

초인종의 주인은 아버지와 어머니였다. 예정에 없던 시부모님의 방문에 아내는 살짝 긴장하였으나 이내 잘 되었다고 생각한 듯했다. 딸아이는 초인종 소리에 놀라 선잠을 깨고 울기 시작했다. 내가 딸아이를 안아서 달래는 동안 아내는 재빨리 시부모의 수저와 젓가락을 챙겨 놓고 밥공기와 두 음식을 내밀었다. 내가 가졌던 기대감은 고스란히 아내에게로 넘어가 있었다. 시어머니가 뭐라고 할지 잔뜩 기대하는 눈치였다.

"뭔 갈비찜이 두 개다냐?"

나는 자랑스럽게 아내의 블로그가 대박을 친 상황을 꺼냈다. 아내가 자기의 레시피를 인터넷에 공개하고 있다는 것을 친정어머니는 대충 알고 있었으나, 시어머니는 모르고 있었다. 블로그, 페이스북, 인스타그램 같은 소셜 미디어의 용어들이 뭔지 모를 연세였다.

"이건 작년 한식날 어머니가 알려 주신 대로 한 거고, 이것은 친정 엄마가 만드는 방식으로 동시에 만들어 봤어요. 고추장이 달라서 맛을 비교해 보려고요."

어머니는 사돈의 레시피를 맛보면서 말없이 고개만 끄덕거렸다. 문제는 아버지의 반응이었다. 아버지는 어머니식 돼지갈비보다 장모의 돼지갈비에 더 관심을 보였다. 그리고 맛있다고 칭찬을 계속했다. 마치 준비해 두었다가 쏟아 낸 것처럼 아버지의 칭찬은 식사하는 내내 마를 기미가 없었다. 아마도 그 모습을 본 어머니의 심경은 복잡해졌을 것이다. 어머니는 급기야 장모의 레시피에 흠을 잡기 시작했다.

"고추장을 국화 우린 물을 써서 담갔대요. 국화 향이 은은하게 돌더라고요. 맛이 괜찮죠?"

"국화는 독이 있는디야. 말려도 독이 안 없어져. 조심해서 써야 하는데 어떻게 했대?"

"소금물에 데쳐서 말렸다가 한번 우려내서 버리고 두 번째 우린 거로 고추장 담그면 향도 안 날아가고 괜찮다고 하더라고요. 그렇게 소독하는 거라고."

아내는 친정어머니의 레시피를 시어머니에게 천천히 설명했다. 그때까지만 하더라도 아내는 꿈에도 생각지 못했을 것

장꽃(醬花_Soy sauce blooms) | 69

이다. 시어머니가 이미 친정어머니의 레시피에 흠을 잡고 있다는 것을……. 국화에 독이 있느니 없느니,를 시작으로, 마늘을 굵게 다져 지저분하다, 들기름을 쓰면 국화 향이 다 날아간다, 한 마디가 두 마디가 되고, 세 마디, 네 마디가 되었다. 곧 아내는 난감한 상황에 빠지고 말았다. 친정어머니의 레시피를 시어머니가 공격한 것이 되었으니 시어머니 앞에서 뭐라 할 말이 없었던 것이다. 그런 눈치는 남달랐던 시아버지는 식탁에서 손녀를 안고 자리를 떠난 후였다. 그제야 아내는 깨달은 것 같았다. 급히 화제를 시어머니의 레시피로 만든 요리로 돌려 보려 애를 썼으나 이미 늦어 버렸다.

나는 속으로 그나마 블로그를 보는 분이 아니니 다행이다 싶었다. 사실 블로그 댓글을 보면 친정어머니 레시피에 관심을 보이는 이가 훨씬 더 많았다. 언젠가 아내는 제 나름대로 그 이유를 고민하다 한 가지로 결론 내렸다. 바로 기본양념 때문이라는 것이었다. 일반 가정집에 5년 묵은 멸장이 어디 있으며, 홍시조청으로 담근 고추장이 어디 있다는 말인가. 시어머니의 레시피에 등장하는 새우젓만 해도 새우를 잡아 담그는 시기별로 그 이름이 달랐고 사용처도 달랐다. 그러니까, 아내의 위대한 블로그 구독자들은 시어머니의 양념을 쉽게 구하지 못하는 것이었다.

어쨌건 일이 여기까지 이른 데에는, 아내가 오늘 꼭 동영상을 한번 찍어 보겠다고 두 요리를 시작한 데에는 그럴 만한 이유가 있었다.

* * *

전원생활을 하자고 작정하고 이사를 한 것은 아니었다. 학업을 마친 지 5년이 넘도록 자리를 잡지 못하고 시간 강의를 이어 나가고 있던 나는 어찌 되었든 책을 쌓아 두고 공부를 지속해야 했고, 대학원 졸업을 앞둔 아내는 개인 연습실이 있어야 했다. 둘 다 개인 작업을 진행할, 방해받지 않을 공간이 필요했다. 그래서 선택한 곳이 여기였다. 결혼을 하고 서울 생활을 정리하겠다고 마음먹었을 때부터 쉼 없이 달렸다. 집을 짓기 시작하면서 마을 사람들의 경계를 둔 시선을 풀어야 했고, 공사를 직영으로 진행한 탓에 순간순간이 갈등과 타협의 연속이었다. 끊임없이 선택과 결정을 내려야 하는, 무지한 내 자신과 싸워야 했다. 그렇게 일 년. 진을 다 뺐다, 집을 짓는 동안. 세치도, 주름살도 늘었고, 입안도 자주 헐었다. 집 짓기가 끝나자 우리는 이곳을 백월헌이라는 이름을 붙였다. 일종의 성취감에 대한 보상을 받고자 하는 마음도 있었으나, 무엇보다 택배를 받거나 택시라도 부를라치면 집의 위치에 대한 긴 설명이 필요했기 때문이었다. 이름을 붙여 주변에 알려 두는 것이, 집에 '오시는 길'을 구구절절 설명하는 것보다 더 낫다고 판단했던 것이다. ─ 또 이 동네에는 유독 당호가 붙은 집들이 많았는데, 솔밭 가운데에 예성당(藝聲堂), 이장댁인 설림(雪林), 몽강 변에 흑록헌(黑鹿軒)과 죽성재(竹誠齋) 그리고 담구정(澹構亭), 몽강 건너 수류당(修柳堂)까지. 적당한 당호를 붙여 보라고 권한 것은 예성당의 안주인 홍 언니였다. 그래서 지금은 옥계마을 백월헌, 하면 다른 설명은 필요치 않다. ㅡ

말이 좋아 전원생활이지 아내에겐 고립이나 다름이 없었다. 아내는 운전도 하지 못했다. 아니 하려고 하지 않았다. 면허증은 오래된 지갑 속에서 15년째 썩고 있었다. 망설이지 않고 결정한 전원생활이었으나, 전원생활에서 가장 필요한 것이 비포장 농로도 달릴 수 있는 능숙한 운전 실력이라는 것을 나중에야 깨달았다. 그나마 다행인 것은, 아내는 집에 있는 것을 좋아한다는 점이었다. 결혼 전부터 어느 곳이든 북적이는 도시 생활이 번잡스럽다고, 적당히 조용한 데가 좋다고 했었다. 그렇다고 말수 적고 자기표현에 서툰, 내성적인 성격은 아니었다. 부지런하고 활동적이지만, 즉흥적이거나 계획에 없는 약속이나 외출은 되도록 삼가는 정도였다. 간혹 여유를 두지 않고 약속을 잡아 움직이는 나를 이해할 수 없다며 타박하곤 했다.

백월헌, 종지부를 찍는 듯 스테인리스 현판을 현관문 옆에 달아 두고, 한 달 가까이 우리 부부는 집 밖을 나서지 않았다. 나설 수가 없었다. 나란히 방바닥에 널브러져 TV 시사 프로그램을 보다가 '영끌'이라는 단어를 처음 들었을 때 누가 먼저라고 할 것도 없이 헛웃음 소리를 냈다. 몸도 그랬지만, 무엇보다 정신적으로 보양할 시간이 필요했다. 그리고 처음 밖을 나선 것이 읍내 장터였다.

읍내에는 오일장이 살아 있었다. 정부의 문화 활성화 정책에 따라 최근 재건되거나, 새롭게 만들어진 장이 아니라 조선 후기부터 이어진, 전통 있는, 꽤 알려진 오일장이었다. 그래서 그런지 우시장도 규모가 커서 거래량이 상당했고, 무형 문화재가 된 장타령으로도 유명했다. 이곳으로 이사 오고 좋은 것 중의 하나가 그거였다. 장날을 기다려 제철의 생선이나 과일을 사고, 튀김도 먹고, 호박이나 상추 모종도 샀다. 지역 방송에 종종 등장하는 장터 국밥도 먹었다.

"메주콩 나왔네, 요즘은 저렇게 한 덩어리 만들 분량씩 포장되어 나오더라. 근데 저거 비싼 것 같아. 조금 기다리면 가격이 떨어질 것 같은데, 다음 장에 또 오자. 된장 담가 먹으면 되겠네. 저것으로 다섯 개 정도면 충분하겠다."

"국산 콩이 얼마나 비싼데, 가격 안 떨어질걸. 그냥 만들어진 간장, 된장을 사서 먹어. 배보다 배꼽이 더 커진다. 장모님이 준 것 아직 남아 있지 않아?"

"아냐, 작년에 엄마 된장 망쳤어. 지난번에 가져온 것도 금세 물 차고 녹아서 버렸잖아. 해남 엄마 된장은 묵은 거라 너무 짜고. 무릎 수술하느라 작년엔 안 담그셨어. 된장이 묵으니까 점점 쓰고 짜지더라."

장꽃(醬花_Soy sauce blooms) | 73

"왜, 맛만 있더만. 장모님한테 새로 달라고 해! 이번 주 가지러 간다고. 그리고 당신은 보관이나 잘하셔."

"내가 얼마나 보관에 신경 쓰는데, 얼마 남지도 않았었어."

"그냥 냉장하라고. 항아리에 두면 관리가 쉽지 않아. 늘 신경 써야 하잖아."

"씨장 하려면 계속 밖에서 발효시켜야 해. 냉장하면 발효 안 되잖어. 이 층 그 자리가 장독 두기에 딱이야."

나는 아내를 적극적으로 말렸다. 어차피 모든 것이 내 일이었다. 콩을 삶아 찧고 모양을 만들어 지푸라기 사이에서 띄우고……. 어렸을 때 겨울 내내 매일같이 메주 방을 들락거리던 어머니 기억이 살아나 스르륵 지나갔다. 집에 오면, 휴일이면 아무것도 안 하고 드러누워 TV 드라마나 보면서 군것질을 하거나 나도 모르게 스르르 낮잠에 빠지는 것이 유일한 낙인 내가 두 계절 내내 손을 타야 하는 장을 담는다고?

"아서라, 소금도 골라야 하고, 제대로 하려면 지금 있는 것보다 더 큰 항아리도 있어야 하는데, 그게 얼마나 비싼지 아까 저쪽에서 봤지? 가져다 먹기 뭐 하면 그냥 사서 먹자고. 나 간장 다리는 냄새도 못 견디겠어."

"그래서 내가 해남 어머니한테 항아리 받아 뒀지. 삼 년 내렸다고 비금 소금도 한 포대! 이 층 테라스에 뒀어 당신은 못 봤지? 지난주에 아버님이랑 어머님 다녀가시면서 본가에 놀고

74 | 장꽃

있는 항아리도 가져오셨어."

아내의 준비에는 대들어 봐야 본전도 못 뽑는다는 것을 순
간순간 잊어버리는 나였다.

"고추는 앞집 할머니가 주신 거, 요 며칠 빨갛게 잘 말라 가
고 있고, 숯이랑, 나머지는 인터넷으로 주문하면 되지, 솔잎은
마을 교회 앞 솔밭에서 당신이 끊어 오시고."

그해 그믐을 지내고 정월이 되자마자 아내는 그렇게 장 담
그기를 시도했다. 그나마 다행인 것은 메주콩을 삶고 찧고 성
형해서 띄우는 과정은 건너뛰었다는 것이었다.

"제로 푸드 몰라? 재료가 멀리서 온 것보다 이렇게 내가 살
고 있는 곳 가까운 데서 온 것이 좋은 거야. 쌀도 장평 할머니
께 가져다 먹잖아, 그때그때 도정도 해 주고."

아내는 읍내 마트의 로컬 푸드에서 메주를 샀다. 생산자와
생산된 곳의 표기를 확인해 가며 백월헌에서 가장 가까운 데
서 출하한 것을 골랐다. 아내가 애초의 마음을 바꾸어 메주 띄
우는 과정을 건너뛴 것은 세 번의 유산 후 다시 찾아온 임신
소식 때문이었다.

"장이 맛있을라면 노루 궁둥이 멘키 하얀 꽃이 둥둥 뜰 것인
디, 어쩌디야? 꽃 아직 안 피었드냐?"

장을 담그고 두어 달쯤 지났을 때, 메주를 언제 건져야 하는
지 묻는 며느리에게 시어머니는 대답 대신 꽃이 얼마나 피었
는지를 되물었다.

장꽃(醬花_Soy sauce blooms) | 75

"꽃이요?"

"장꽃아, 장꽃! 장꽃이 뭔지 몰라? 장꽃도 모르고 장을 담근다 그랬냐?"

'장꽃…'에서 수화기 너머 어머니의 목소리가 식탁에 앉아 늦은 저녁을 먹고 있던 내 귀에까지 들렸다. 통화가 끝날 때까지 아내는 날마다, 보이는 대로 그것들을 걷어 내 버렸다는 사실을 밝히지 않았다. 어머니의 말을 정리하면 장꽃이란 것이 어떻게 피느냐가 장맛의 성패를 쥐고 있는 듯했다. 그날 이후 아내는 장의 상태를 사진으로 찍고, 맛과 냄새 그리고 색깔을 꼼꼼하게 기록하며 장꽃을 기다렸다. 아내의 바람대로 오래지 않아 다시, 거무스름한 수면 위로 점점이 장꽃이 피어올랐다. 한없이 징그럽던 그것들이 신기하게도, 항아리 속에서 하얀 꽃으로 빛나기 시작했다.

장꽃이 몸을 불려 주먹만 한 덩어리가 되었을 때야 비로소 아내는 성공을 확신하며, 메주를 건져 장을 갈랐다. 아내의 확신대로 간장도 된장도 맛이 좋았다. 그 기세를 타고 아내는 포털 사이트에 블로그를 개설하고 장 담그는 과정을 정리해 올리기 시작했다. 블로그 장꽃 피는 시간. 결혼 후 세 번의 유산이 있었고, 그렇게 몸과 마음이 지친 아내가 전원생활의 어느 것 하나에라도 애정을 쏟으며 소소하게 즐거울 수만 있다면, 장 담그기건 로컬 푸드건, 블로그건 간에 나도 충분했다. 딸아이가 태어나고 그 한 해는 걸렀으나, 메주를 띄워 장을 담고

76 | 장꽃

장꽃이 피기를 기다리는 일은 이제 백월헌에서 가장 중요한 연중행사가 되어 있었다.

무엇이든 한 번은 그럴 수 있으나 두 번째로 반복되면 그날부터 습관성이었고, 세 번째가 되면 그때부터는 평범하지 않은 병이 되었다. 늦은 결혼이었으나 아이를 가질 수 없다고는 전혀 생각지 못했다. 더구나 결혼 직후 들려온 임신 소식은 양가 모두의 기대를 부풀렸다. 아마 안도감에서 오는 기대였을 것이었다. 마흔이 넘어 결혼한 신혼부부에게 애를 녹이지 않고 찾아온 소식은 축복에 가까웠다. 그러나 축복도 잠시 태아의 심장은 10주를 채우지 못하고 멈춰 버렸다. 그나마 임신의 가능성을 보여 주었기 때문에 다들 다음 기회를 이야기했으나 큰 위로는 못 되었다.

"몸만 상하니까, 힘들면 애쓰지 마라, 요즘은 흠도 아니다. 남들 보면 일부러 갖지도 않고 잘만 살더라. 맘 맞춰 니들대로 잘 살아도 되니까."

세 번째가 반복되었을 때 어머니는 그렇게 말했다. 하지만 장모는 달랐다. 그래도 결혼을 했으니 아이 하나는 가졌으면 했다. 고민 끝에 우리 부부는 시험관 시술을 결정했다. 백월헌에 준공 허가가 떨어지자마자 주소를 옮겼고, 완공 이전에 시험관 시술을 예약했다. 보양을 위해 한 달 가까이 집 밖을 나가지 않은 이유 중 하나가 여기에 있었다. 예비 진료를 다녀오

장꽃(醬花_Soy sauce blooms) | 77

고 다시 예약된 날짜를 맞추었을 때 담당 의사는 뜸을 들이며 이야기를 꺼내었다.

"네 번째니 이십팔 주까지는 관리를 잘하셔야 해요. 당분간은 움직임도 줄이시고요."

시험관 시술을 할 수 없다는 것은 아니었다. 할 필요가 없다는 것이었다. 소변 검사 결과도 그렇고, 초음파로 봐도 아기집이 보인다고 했다. 크기로 봐서 4주차에 접어들었다는 것이었다. 아내의 표정에는 복잡한 심경이 그대로 드러났다. 이미 세 차례의 유산을 경험한 아내는 마냥 기뻐할 수만은 없었을 것이다. 지금부터 28주가 될 때까지는 격주로 정기 진료를 받기로 하고 7번의 예약을 모두 마쳤다. 난임 전문 병원이라 28주 이후부터 출산까지는 다른 병원을 알아봐야 했다. 그렇게 우리 부부에게서 딸이 태어났다.

어떻게 보면 시어머니와 친정어머니의 레시피 대결은 딸아이의 이유식으로 시작된 셈이었다. 딸아이는 태어나기 전부터 이미 양가에서 지대한 관심을 받은 터라 하루하루 성장 상황이 영상 통화로 보고되고 있었다. 딸아이의 이유식에 슬슬 간을 가미할 때가 되었을 무렵, 시어머니는 새우젓 베이스의 애호박두부조치를, 친정어머니는 소금 베이스의 귀리타락죽을 내밀었다. 고민 끝에 아내는 시어머니의 추천 이유식을 선택했다. 그간 아이가 경험하지 못한 채소를 맛보여 주고 싶다고 했다. 그렇게 이유식을 바꾼 첫날, 딸아이의 팔뚝에 빨갛게 발진이 일었다. 친정어머니는 혀끝을 차며 손녀의 팔뚝을 그렇게 만든 주범은 애호박두부조치에 들어간 새우젓이라고 했다. 한눈으로도 새우가 몇 마리인지 셀 수 있을 정도로 살짝 넣었다고 변명하는 아내에게 새우젓을 직접 담가 먹지 않은 이상 뭐가 섞여 들어갔는지 어떻게 아냐며 이유식에는 소금 하나도 잘 골라 쓰라고 단속을 반복했다. 정작 딸아이는 알레르기 반응 검사에서 아무런 문제가 없었다. 그러니까 정확히 새우젓의 문제로 단정할 수는 없었다. 아내는 이유식을 친정어머니의 귀리타락죽으로 바꾸었고 이후에도 친정어머니의 이유식 목록을 따랐다.

* * *

출판사에서 연락이 온 것은 3주간의 이달의 블로그에 추천 게시가 끝나고 이어서 분야별 핫토픽에 소개되면서였다. 출판사에서는 아내의 블로그에 있는 레시피를 정리해 책으로 만들어 보자고 제의했다. 처음에는 고사했으나, 그사이 정기 구독자가 5만을 넘어서자 출판사에서 아내에게 다시 한번 러브콜을 보내왔다. 아내가 제의를 받아들이자마자, 그날로 계약서와 기획서가 스마트폰에 전송되었다. 아내가 내 눈앞에 내민 출판 기획서에는 총 36가지의 요리가 중심 재료를 기준으로 하여 봄, 여름, 가을, 겨울 4개의 장으로 분배되어 있었다.

장꽃(醬花_Soy sauce blooms) | 79

찜, 탕, 구이 같은 조리 기술이 아니라 닭, 메밀, 우럭, 홍합 같은 재료의 이름이 적혀 있었다. 계산해 보니 3년간 아내가 블로그에 탑재한 요리는 80여 개로 시어머니와 친정어머니를 통틀어 레시피만 160개 정도였다. 출판사에서는 계절의 대표 요리를 선정해서 시어머니와 친정어머니의 레시피를 비교하여 구성하자고 한 것이었다. 결국 아내는 160여 개의 레시피 중에서 출판사에서 제시한 재료에 맞추어 72개를 골라야 했다. 두 레시피의 맛과 완성 결과의 차이가 확실한 것일수록 좋았다.

아내가 기획서에 따라 36개의 요리를 선택하여 목록을 출판사로 보냈고, 이후의 일은 계획한 대로 일사천리 진행되었다. 출판사의 자세는 자못 전투적으로 보였다. 일주일 후, 출판사로부터 다시 연락이 왔을 때, 책에 실을 완성된 요리의 사진 촬영 일정이 잡혔다. 그리고 하나의 제안이 덧붙어 있었다. 사진 촬영을 하는 동안 유튜브 탑재용 요리 동영상도 찍자는 것이었다. 그 제안을 보자마자 아내는 갈매기 소리 대신 냉장고로 가서 유통 기한이 얼마 남지 않은 미용 팩 포장을 뜯고, 앰플이 후루룩 떨어지는 마스크 팩 눈, 코, 입 모양을 맞추어 얼굴에 붙였다. 아내는 정식으로 유튜버가 되는 것 아니냐며 신이 나 있었다. 유튜브 홍보용으로 여섯 개 정도의 동영상을 찍자는 것인데, 동영상에는 시어머니든 친정어머니든 하나의 조리법만을 선택해야 했다.

그 제안이 알려지면서부터 본격적으로 시어머니와 친정어머니의 경쟁이 시작되었다. 친정어머니는 마냥 어려웠던 안사돈의 레시피에 슬쩍슬쩍 훈수를 두기 시작했다. 저녁 8시만 되면 여지없이 휴대전화 벨이 울렸다. 대부분이 영상 통화였고, 손녀를 먼저 찾았으나, 하루가 다르게 말문이 트여 가는 손녀딸을 붙잡고 저녁으로 무엇을 먹었는지 몇 번이고 반복해서 묻는 모양에는 아내 쪽에서 먼저 촬영 이야기를 꺼내 줄 기대가 역력해 보였다. 시어머니 또한 하루가 멀다 하고 집으로 찾아와 며느리가 무엇을 하는지 감시하기 시작했다. 물론 그냥 오지는 않았다. 고희 잔치에 쓰려다 못 썼다며 고급 접시 세트를 들고 오기도 했고, 꽁꽁 얼려 두었던 바지락이며 매생이를 가져오기도 했다. 시어머니에게 냉장고 검열까지 받아야 하는 신세로 전락한 아내는 오히려 상황을 즐기는 듯했다. 결혼 전부터 아들 내외의 생활에는 손톱의 때만큼도 관심이 없던 시어머니였던지라, 여느 며느리들과는 다르게 이러한 상황이 '귀엽게' 보일 수도 있는 일이었다. 그러나 사돈간의 레시피를 두고 벌어진 자존심 싸움은 우리의 언행을 더욱 조심스럽게 만들었기 때문에 한동안 녹록지 않은 시간이 계속되었다. 우리 부부에겐 절대적인 연기력이 필요했다.

* * *

완성된 요리 사진은 블로그의 것을 그대로 사용하기로 했다. 출판사에서는 블로그에 탑재된 사진들이 비교적 깨끗하다고, 부러 예쁘게 꾸미지 않아 현장감이 살아 있다고도 했다. 그래서 사진 촬영은 그때그때 보완용으로 하고 유튜브 홍보용 동영상을 먼저 찍기로 했다. 첫 번째 요리의 주제는 닭고기였다. 블로그에 소개된 시어머니의 레시피는 알을 품고 있는 닭의 모양이 온전히 살아 있도록 속을 채워 시루에 쪄 내는 시루닭찜이었고, 반면에 친정어머니의 레시피는 녹두와 팥, 흑미를 사용해서 보랏빛이 돌게 끓여 내는 흑삼계탕이었다. 주로 제사에 많이 쓰는 시루닭찜은 닭의 모양을 온전히 살리는 것이, 흑삼계탕은 녹두와 팥, 흑미와 찹쌀의 비율을 적절하게 맞추는 것이 맛을 더하는 제일의 관건이었다. 첫 촬영으로 약속된 것은 시어머니의 시루닭찜이었다.

첫 촬영을 하는 수요일 아침, 아일랜드 식탁 위치를 잡느라 주방이 두세 번은 뒤집어졌다. 출판사에서는 블로그의 사진으로 확인한 주방이 마음에 들었는지, 스튜디오가 아니라 백월헌 아내의 주방에서, 있는 그대로 촬영하기를 원했다. 낙향을 결정하고 집을 지으면서 주방은 아내가 주문한 대로 꾸몄다. 거실과 붙어 있었기 때문에 애초에 주방으로 배분한 면적보다 꽤 넓어 보였다. 촬영 장비가 설치되고 담당 피디와 보조 인원까지 네다섯 명이 동시에 움직여도 어깨를 부딪칠 일 없는 그런 주방이었다. 나는 인근 대학의 시간 강의로 인해 촬영 세팅이 끝나는 것을 다 지켜보지는 못했다. 북적이던 현장을 뒤로하고 딸아이를 데리고 집을 나섰다. 내가 집을 비워야 했기 때문에 딸아이는 앞집 할머니에게 잠깐 돌봐 달라고 어제저녁에 미리 부탁을 넣어 놓은 터였다. 딸아이를 맡겨 두고 학교로 출발할 즈음 어머니에게서 전화가 왔으나 나는 일부러 받지 않았다. 수업하는 동안 어머니와 장모에게서 번갈아 가며 여러 차례 전화가 와 있었다. 이 정도면 아내에게도 전화가 갔을 터이지만 아마 아내도 촬영으로 전화를 받지 못했을 것이었다. 양쪽 어머니에게 촬영 일정을 알리지는 않았다. 그 녹록지 않은 시간들 때문이었다. 나도 아내의 촬영이 잘되고 있는지 궁금해서, 수업이 끝나면 늘 있었던 동료 선생들과의 커피 타임도 마다하고 서둘러 집으로 돌아갔다.

앞집 할머니에게서 딸아이를 찾아 데리고 현관으로 들어섰을 때 뜻밖의 목소리가 먼저 들렸다. 장모였다. 이 시간이면 촬영이 다 끝났을 것이라고 생각했으나, 촬영은 한창 진행 중이었다. 카메라 앞에는 아내와 장모가 나란히 서 있었다. 화기애애한 모습에서 촬영은 순조롭게 진행되고 있는 듯했다. 의아해할 새도 없이 엄마를 확인한 아이의 반응이 촬영에 방해될까 마당으로 나와 아이를 달랬다.

간이 커진 것은 내가 아니라 아내였다. 시어머니가 느낄 배

장꽃(醬花_Soy sauce blooms) | 83

신감 앞에서 아내는 아이처럼 그냥 신이 나 있었다. 촬영이 끝날 때까지 나는 현관문 소리가 날 때마다 어머니가 오시는 것이 아닌가 하고 움찔하였다. 두 번째와 세 번째 촬영이 2주 뒤로 잡혔다. 두 번 모두 친정어머니와 함께 진행하기로 하고 촬영 팀은 철수하였다. 담당 피디는 편집을 서둘러 마치고 두 번째 촬영 전에 동영상을 오픈하겠다고 했다. 촬영 팀이 돌아가고 한숨 식은 오늘의 요리를 맛보려는 내가 음식 앞에서 주저하자 숨은 눈을 하고 눈치를 보던 아내는 불쑥,

"촬영 직전에 컨셉이 바뀌었어…. 피디님이 엄마보고 자꾸 같이 찍자는 거 있지?"

막 촬영을 시작하려고 했을 때 도착한 친정어머니를 보고 피디가 즉석에서 함께 요리하는 것을 동영상으로 담아 보자고 제의했다는 것이었다. 아내는 콘셉트가 바뀌면서 시어머니의 레시피가 촬영에서 완벽하게 제외되었다는 것에 신경 쓰는 듯했다. 다행이라면 시어머니가 벌어진 판을 전혀 알지 못했다는 것이다. 하지만 음식 앞에서 내가 주저한 것은 그런 이유가 아니었다. 삼계탕이, 낯설었기 때문이었다. 평소에 장모가 해 주던 그런 흑삼계탕이 아니었다. 아내에게 한 육 개월은 쫓겨날 각오로 이야기하자면 꼭, 가가멜의 수프 같았다. 뚝배기의 마지막 남은 열기로 점성 강한 기포가 톡…, 톡 터졌다. 보랏빛도 아니고 그렇다고 흑임자죽 같은 검은색도 아니었다. 회색, 아니 짙푸른 색에 가까운 국물에 수저가 쉽게 나가지 않았다.

그렇게 일주일 만에 첫 번째 홍보용 동영상이 유튜브에 게시되었다. 곧 친정어머니식 요리에 댓글이 달리기 시작했다. 저게 삼계탕이라고?, 저래 가지고 음식을 먹겠어?, 뭐야 먹물 파스타도 쉽게 적응 안 되는데 삼계탕 색깔이 왜 저래?, 우리 음식에 저렇게 색깔이 검푸른 음식이 있었나?, 여기 퓨전이야?, 국물이 텁텁할 것 같아 비추! 이 정도의 빈정거림은 그래도 양반 축에 속했다. 팥과 흑미가 들어가서 보통의 삼계탕과는 달리 국물이 맑지 않고 수프처럼 묽어 낯선 것은 사실이었다. 친정어머니는 댓글을 봤는지 못 보았는지 영상이 게시된 이후로 연락이 뚝 끊겼다. 늘 걸려 오던 영상 통화도 오지 않았다. 오히려 밤낮 가리지 않고 연락이 온 것은 시어머니였다. 다음 촬영이 언제냐? 그제야 아내는 콩알만 해진 간으로, 기어 들어가는 소리로 다음 주 목요일요, 했다. 아내의 얼굴에서 신이 난 분위기는 싹 사라지고 눈자위에 그늘이 들어 있었다.

두 번째 촬영이 계획된 목요일이 되었을 때 나는 학교에 가지 않아도 되었다. 마침 담당하고 있던 학과 학생들이 현장 실습에 참여해야 했기 때문에 교양 수업은 모두 휴강 처리되던 것이었다. 여러 번 뒤집어졌던 주방은 첫 촬영 후 그대로 두었기 때문에 장비 세팅은 빠르게 끝이 났다. 그리고 어머니가 새벽바람으로 집에 와 있었다. 촬영 팀의 분위기도 별로 좋지 않았다. 역시 댓글의 영향이 있어 보였다. 피디는 콘셉트를 수정하여 처음 계획한 대로 촬영을 하자고 하였으나, 어머니

장꽃(醬花_Soy sauce blooms) I **85**

는 같이하겠다고 끝내 고집했다. 마냥 시간을 보낼 수 없어 어머니의 뜻대로 촬영을 시작했다.

막상 촬영이 시작되자 아내는 말 한마디 쉽게 꺼내지 못하고 시어머니가 하는 대로 지켜 서서 보조만 했다. 기가 쑥 빠진 것 같았다.

"어여 시작하드라고. 아야 뭐 하냐? 재료 먼저 알려 줘 봐라. 이렇게 하면 되제?"

그런데, 시어머니가 손수 준비한 재료로 지난 친정어머니의 흑삼계탕에 들어갔던 재료들이 그대로 올라와 있었다. 요리를 전체적으로 검게 만들어 버리는 팥과 흑미도 그대로였다.

"껍질이 살짝 오그라들라고 하면 꺼내서 속을 채웃씨요. 팥도 넣고 흑미도 넣고. 요렇게 꾹꾹. 꼭 절반만 채워야 하는디, 욕심을 있는 대로 부려서 속이 꽉 차서 찜통에 들어가믄요, 미친년 연 날리대끼 이 닭 꼴랑지가 다 터져 버린께요, 닭도 쏙쏙 안 익고. 그라고 꼴랑지는 애기 엉덩이 만지듯 조심히 살살 다뤄야 쓰요. 껍질이 다 벗겨지면 지저분해진께로."

그러면서도 요리하는 내내 위축된 아내를 조근조근 갈구기 시작했다. 찜 냄비 뚜껑을 열면서,

"뭐 하고 있냐? 얼른 닭 꺼내서 검정 쌀 넣지 않고. 손이 그라고 굼떠서 음식이 지대로 되간디?"

"네, 어머니."

아내가 주걱과 집게로 닭을 들어 올리자,

86 | 장꽃

"에끼, 이 사람아! 장갑 끼고 손으로 들어야지 모양이 안 망가지지. 뜨겁더라도 좀 참아 봐라. 질들면 그것도 괜찮어야. 한번씩 찬물에 손 담갔다가 잡어 봐."

촬영을 하고 있다는 것을 순간순간 잊은 듯한 발언이 툭툭 튀어나왔으나 피디는 편집하면 되니까 괜찮다고 자연스럽게 하라고 부추겼다. 그러자 이번에 어머니는,

"예말이요, 음식이 검다고 맛도 검을랍디요? 검정 쌀이 원래 흰쌀보다 먼저 나왔는디. 흰쌀보다 키우기가 성가시러워서 그렇제. 닭에 흑미 쓰믄 몸에 얼마나 좋것소. 암 예방도 한다등만. 우리 집에서는 조상님들한테도 시커먼 음식 잘 올리요. 흑임자에 헤우에, 깜장 것으로 만들믄 다 꺼매지지 지가 별수 있을랍디요? 삼계탕 국물도 요즘 와서야 밀가게 맑은 국물이지, 옛날에는 입에 쩍쩍 달라붙게 걸쭉하게 끓여서 찹쌀 넣어서 죽 쑤어 먹었단 말이요. 그랑께 잡소리 그만들 허고, 지난번 우리 사둔네 삼계탕 먼저 만들어 먹어 보랑께라우, 얼마나 맛난디 그러요. 황기는 3년 된 것으로 딱 한 뿌리만 꼭 넣어 삶고. 많이 들어가믄 설사하요-잉."

무슨 생각인지 출판사에서는 두 번째 촬영 영상도 일주일 만에 게시하였다. 친정어머니 판 영상의 댓글에 상처를 받았던 우리 부부는 자포자기한 심정으로 촬영이고, 출판이고 얼른 지나가기만을 바랐다. 두 번째 영상에 대한 댓글을 찾아 읽

어 볼 엄두도 내지 못했다. 그런데 영상이 올라간 그날 저녁, 피디에게서 연락이 왔다. 댓글이 심상치 않다는 것이었다.

시어머니의 동영상이 공개되고 댓글이 폭주했다. 그것도 요리에 대한, 레시피에 대한 이야기는 하나도 없었으나 분명 댓글은 사뭇 다른 분위기로 이어지고 있었다. 내용이야 어떻든 정작 대박은 시어머니한테서 터져 버린 것이었다. 일명 시어머니의 막가는 레시피로 분위기가 반전을 이룬 것만은 확실해 보였다.

* * *

아침부터 분주하게 촬영 장비가 세팅된 주방으로 장모가 들어서자 아내는 앞치마를 골라 주고 허리끈을 채운다.

"인자 실검에 오를 일만 남았네! 오늘 거 만렙 기술로 사돈이 탑 찍어 보씨요!"

실검에 만렙이라니, 도저히 나올 수 없는 단어가 팔순 어머니의 입에서 자연스레 튀어나오자 나는 귀를 의심했다. 그리고 눈을 치켜들고 아내를 쳐다보았다. 아내는 별거 아니라는 듯 두 어머니를 보며 "만렙 요리 시작합니다"라고 외친다. 어머니와 장모는 아일랜드 식탁 앞에 나란히 서서, 아내의 큐사인을 받는다. 그녀들의 얼굴이 항아리 속 하얀 꽃처럼 빛나기 시작했다.

홍보용 동영상 촬영이 순조롭게 진행되는 동안, 책도 무사히 출판되었다. 3:3. 시어머니와 친정어머니는 정확히 반반으로 홍보용 촬영에 참여했고, 독자들의 반응도 꽤 좋았다. 그러나 아내의 꿈은, 자기 이름으로 유튜브 채널을 가지겠다는 꿈은 여든 줄에 들어선 시어머니가 대신하고 있다. 이름하여 '막가레 80(여든 살 시어머니의 막가는 레시피)'. 장모가 간간이 함께하여 벌이는 신경전은 드라마보다 더한 후일담을 만들어내고 있다.

세상일은 참으로 오묘해서 사소한 입김 하나로도 일상이 180도 바뀔 수 있다. 그래서 우리 부부의 녹록지 않은 시간은 여전히, 온에어!

장꽃(醬花_Soy sauce blooms) | 89

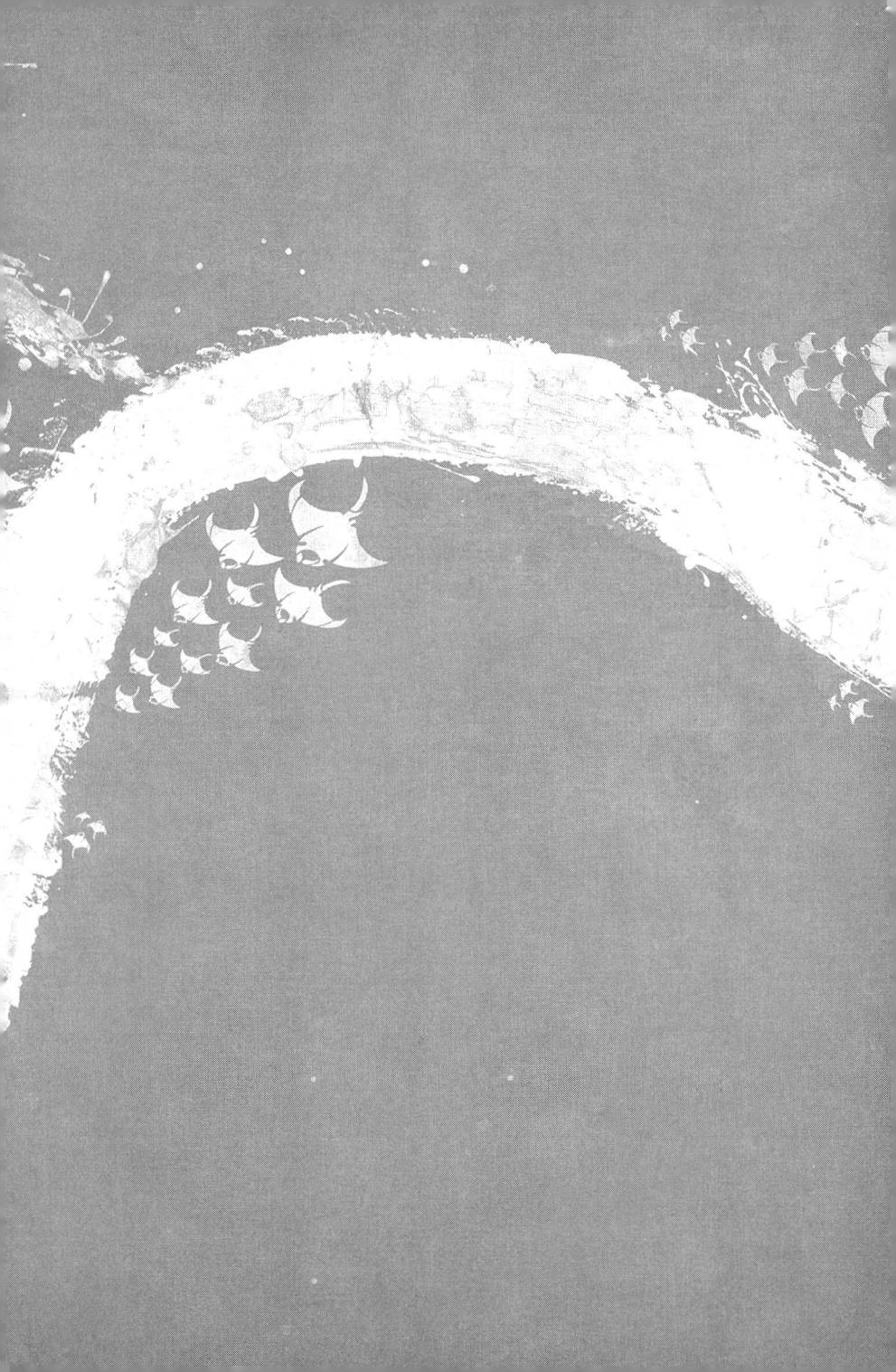

예성당(藝聲堂__Yesungdang)

1

깜-박, 눈을 떴을 때 막 아홉 시를 넘어서고 있었다. 시간을 잘못 읽었나 싶어 통창 암막 커튼을 젖히고 마당을 확인했다. 올봄에 마당 중앙으로 옮겨 심은 배롱나무 아래로 아침 빛이 들어 있었다. 아내가 나가고 두 시간이 그렇게, 깜-박, 할 새 지나 버린 것이었다. 돌이 지난 딸아이는 내 발치에서 엉덩이를 쳐들고 잠을 자고 있었다. 어둠이 가시지 않은 길로, 현관을 나서며 당부했던 아내의 말이 떠올랐다.

"쟤, 자꾸 저기 침대 매트리스 구석에 머리 박고 엉덩이 쳐들고 자니까 수시로 자리 잘 봐 줘야 해. 당신만 쿨쿨, 자지 말고 잘 살피라고……."

무심하게도, 돌이 지나도록, 아이가 이렇게 잠을 자는 모습이 내게는 처음이었다. 오늘에서야 아이의 잠버릇을 눈으로 직접 확인한 나는, 아내의 단속대로 아이를 안아 바로 뉘며 배를 토닥거렸다. 새벽부터 부산을 떨던 아내는 나의 우려를 뒤로하고 결국 홍 언니네 밭일을 도우러 나갔다.

"당신이 할 수 있겠어? 괜히 일만 더 만드는 것 아니냐고."

"이참에 손을 보태 보지 뭐! 맨날 홍 언니네서 이것저것 얻어만 먹었잖아!"

지난달 환갑을 맞은 홍 언니는 김씨 종가의 종부였다.

우리 집 마당 앞쪽으로 붙은 장평 할머니의 두어 마지기 양파밭을 똑바로 건너고, 내 허리춤 정도로 한층 높아진 고추밭을 대각선으로 가로지르면, 해송 군락이 길게 늘어서 있는 언덕인데, 김씨 종가는 그 솔밭 가장자리에서 언덕 너머까지 걸쳐 있었다. 우리 집에서 예성당까지 길이 나 있는 것은 아니어서 제대로 길을 찾아 예성당으로 가려면 에둘러, 마을 회관 앞으로 나가 골목을 타고 들어가야 했다. 가끔 산책을 나서서 마주했던, 와옥(瓦屋)의 지붕만으로는 종가의 규모가 그리 크게 보이지는 않았다. 그래도 지금은 사라져 버린 부속 건물의 터를 아울러 담장을 두른 탓에 마당이 꽤나 깊어 보여서 한때의 영화가 충분히 가늠되고도 남았다. 거기다 담장의 키를 훌쩍 넘긴 파초잎들은 담장 안으로 쉽게 접근할 수 없을 것만 같은, 격을 갖추지 못한 범인의 접근은 절대 허락하지 않을 듯한 위

예성당(藝聲堂_Yesungdang) ㅣ 93

엄을 더하고 있었다. 예성당(藝聲堂). 와옥에 달린 현판대로 마을 사람들은 김씨 종가를 예성당이라 불렀다. 추사의 제자였던 남농의 글씨여서 가끔 글씨 공부하는 사람들이 찾는다고 일러 준 이는 마을 이장이었다. 나는 제대로 예성당의 담을 넘어 본 적이 없었기 때문에 지금으로서는 정확히 확인해 줄 수는 없겠으나, 가끔 아이를 데리고 예성당으로 마실을 다녔던 아내의 설명을 빌리자면 와옥을 사방으로 뱅그르 둘러싼 정원이, 그냥 대충이 아니라, 오랫동안 정성스럽게 가꾼 것이 분명하다고 했다. 여느 식물원보다 훨씬 풍성하고 낫다고, 특히 와옥의 서편 뜰에는 함박꽃이 하얗게 무더기로 피어서 날이 흐린데도 조명을 비춘 것처럼 대청마루까지 무척 환했다고.

그렇게 우리 집과는 족히, 이삼백 미터는 떨어져 있었지만, 크게 소리쳐 부르면 들리기도 했고, 손을 들어 흔들거나 해서 충분히 서로의 안부 확인도 되었다. 한겨울이면 예성당과 우리 집 사이에 황토만 드러나서, 수치로 짐작하는 것보다 더욱 가깝게 보였다. 그래서 아내는 홍 언니랑 통화할 때면 마당 끝으로 나가 예성당 쪽을 바라보며 어슬렁거리곤 했다. 홍 언니도 마찬가지로 솔밭 앞으로 나와 통화를 했다. 한 시간은 예사여서, 그럴 거면 차라리 중간 어디쯤 직접 만나서 수다를 떠는 것이 나아 보였으나, 지금껏 나는 이러한 사견을 입 밖으로 꺼내지는 않았다. 대신 엉덩이가 푹 꺼지는 캠핑용 의자와 무지개색을 흉내 내다 만 파라솔을 펼쳐 두었다.

사실, 이 동네에는 예성당만큼 이름난 고택이 하나 더 있었다. 흑록헌. 어쩌면 한 번쯤은 들어 본 이도 있을지도 모르겠다. 고택 개선 사업 선정으로 미디어에 이름이 오르내리고 그 내력이 알려진 적이 있었으니 말이다. 북에서 남으로 흐르는 몽강의 물줄기가 관통하는 동네는 자연스럽게 '안말'과 '바깥말' 두 구역으로 나뉘었다. 물줄기는 예성당 서쪽 서호뜰에서 느슨하게 구부려져 서쪽으로 살짝 방향을 틀었다. 물줄기가 구부러진 안쪽, 안골에 자리한 흑록헌은 그래서 몽강을 사이에 두고 예성당을 비스듬히 마주하고 있었던 것이다. 무엇보다 몽강의 한 귀퉁이 모래톱을 통째로 고택의 영역으로 끌어들여 점유했다. 미디어에 알려진, 드론을 띄워 찍은 사진을 보자면 꼭 몽강 물줄기가 유럽 어디 어느 중세 고성의 해자와도 같아 보였다. 黑鹿軒(흑록헌). '검은 사슴의 집'쯤으로 해석할 수 있겠는데, 예성당과는 라이벌쯤 되는 그런 관계라고 귀띔한 이는 역시 이장이었다.

각설하고, 이 동네, 안말과 바깥말에서 환갑은 우리 부부와 가장 가까운 세대였다. 그래서인지 아내는 유독 홍 언니와 수시로 통화하고, 자주 아이를 데리고 예성당으로 마실을 다녔다. 마을 사정 또한 대부분 홍 언니에게서 흘러들었다. 아내는 인터넷이 서툰 홍 언니를 대신해 밭에서 수확한 것들을 스마트폰 앱으로 농산물공판장에 등록해 주기도 했고, 홍 언니는 철철이 수확한 것들을 챙겨 나누어 주었다. 솔밭 너머 예성당

예성당(藝聲堂_Yesungdang) | 95

에 딸린 황토밭에서는 계절을 타고 옥수수, 감자, 시금치가 차례로 났다.

"필리핀 애들이 다 펑크 냈대잖아. 그럼 저 감자들 어찌해? 추워지기 전에 시간 맞춰 놓은 것은 내놔야 할 것 아냐? 첫눈도 일찍 내린다 그리고, 빨리 갈고 시금치 심어야 한다는데……, 작년에 대면 올해는 이미 늦었어."

"글쎄, 당신 손이 얼마나 보탬이 된다고? 차라리 내가 갈 테니까 당신이 애를 보던지."

"내가 가는 게 더 나아요-오. 나한테 도와 달라 한 거니까 오늘은 내가 가는 게 맞네요-오."

여름 끝에 심어서 가을을 통으로 보내고 겨울 한풍이 불기 전에 수확하는 감자를 가을 감자라고 했다. 봄 감자, 그러니까 우리가 여름을 제철로 알고 즐겨 삶아 먹는, 하지감자만 알고 있었던 나는 가을 감자를, 이곳으로 이사 오고 나서야 처음 알았다. 하지감자보다 붉어서 홍감자라고도 불렀는데, 덥고 습한 팔월에 심기 때문에 썩지 않게 감자알을 통으로 심는 것이 알을 쪼개어 심는 봄 감자와는 달랐다. 제때에 꽃도 따야 하고, 흙도 덮어야 하고, 물 관리도 해야 해서 확실히 하지감자보다는 손도 마음도 많이 가야 했으나, 가을의 쓸쓸한 일교차가 감자 맛을 더욱 깊게 만들었다. 무엇보다 부드러운 식감과 건강식품으로의 효능이 매스컴을 타면서 요즘 한창 소비층이 늘어나고 있었다. 종자 구입 가격은 비쌌으나 그만큼 소비

96 | 장꽃

가격 또한 안정적으로 형성되어 있어서 자연재해 같은 변수만 잘 대처한다면 크게 손해 볼 일은 없었다. 원래 종가에서는 이 밭에서 다른 작물은 심지 않고 오로지 김장배추만 심어서 지인의 김치 공장에 밭떼기로 넘겼다고 했다. 우리가 이곳으로 이사를 오기 직전 해, 지인이 건강상의 이유로 김치 공장 문을 닫은 터에 배춧값까지 폭락해 더는 밭떼기에 나서는 임자가 없자 홍 언니는 결국 배추 농사를 포기해 버린 모양이었다. 재배 생산 과잉, 그러니까 너도나도 배추를 심은 데다가 작황까지 좋아서 공급이 넘쳐 버린 것이었다. 더구나 대체 수입산까지 풀려서 시장 바닥엔 쓸 만한 배춧잎이 여기저기 널려 있었다. 올해 금값이었던 배추는 그다음 해에는 반드시 똥값이 되기 마련이었다. 배추뿐이 아니었다. 고추도 그랬고, 월동무도 그랬다. 그래서 홍 언니는 전략을 바꾸어 아예 감자, 시금치, 옥수수 차례로 수확해서 마트 로컬 푸드나 대처 농산물공판장에 내다 놓았다.

"마을도 뒤숭숭하고 눈치가 보이는데, 이때 꼭 그 집에 가야 겠냐는 것이지."

"예성당은, 그 아저씨? 아니야 아니야. 내 촉이 그래."

"그놈의 촉 타령 좀 그만할 수 없어? 당신이 어디어디 형사라도 돼?"

마을이 뒤숭숭한 것은 지난 주말 밤에서 새벽 사이 이 동네 개들이, 줄줄이 죽어 나갔기 때문이었다. 우리 집이야 개, 고양이 한 마리 키우지 않지만, 마을 집집마다 개가 목줄을 매고 대문 앞에서 길을 지나는 사람들을 향해 컹컹 짖어 댔다. 그런데 예성당으로 가는 골목길을 따라 다섯 집, 강아지 두 마리를 포함해서 무려 일곱 마리가 하룻밤 사이 혀를 빼고 쓰러져 죽어 버린 것이었다. 신새벽, 아침밥을 먹기도 전에 마을이 발칵 뒤집혔다. 키우던 개를 잃은 주인들이 소곤소곤 범인을 유추하기 시작하자 나머지 마을 사람들은 틈을 보아 각자 그날 밤의 알리바이를 부러 입 밖에 꺼내고 다녔다.

어쩌야 쓰까 이것들 불쌍해서……,

여 봇씨요! 그 집도 그라요?,

한두 번도 아니고, 어떤 염병할 새끼가 이런 짓거리를 하고 다니까-잉,

오살 잡여르 새끼, 인자는 고기에다 농약을 묻혔는갑서야,

어디 잡히기만 해 봐라, 이번 참에는 절대로 그냥 안 넘어갈 것이어,

어이! 경찰에 신고 먼저 하소!

반나절도 되지 않아, 누군가 길을 지나며 농약 묻은 삼겹살을 집집에 던졌다는 가능성이 돌기 시작했고 해가 지기 전에 그것이 사실로 받아들여졌다. 가능성이 사실로 굳어진 데에는 검게 마른 삼겹살 조각이 길섶에서 발견되었기 때문이었다. 그래서 내내 마을이 소란스러웠는데, 누군가가 슬슬 수면 위

98 | 장꽃

로 드러난 것이 그 일이 있고부터 사흘이 지난 어제였다.

그날 밤, 사이, 알리바이가 없는 사람이 셋. 그들 중 하나가 예성당의 바깥주인 동기 형님이었다. 예성당은 사건의 길, 맨 끝에 있었다. 정확히 말하자면 마을 노인 회관 앞 세 방향으로 뻗은 갈림길에서 맨 왼쪽 길로 들어서면 막다른 종가의 솟을대문까지 다섯 집이 있었고, 그 길에 대문을 낸 집의 개들은 문제의 밤, 모조리 죽어 버렸으나 종가에서 키우던 늙은 리트리버만 생생하게 살아 있었던 것이었다. 더구나 알리바이가 없었던 둘은 하루 사이 알리바이가 만들어져 마을 길을 타고 나돌았다. 그것도 명백한 알리바이. 그래서 하나 남은 예성당 바깥주인이 범인으로 굳어져 가고 있던 터였다. 그렇다고 마을 사람들에게는 딱히 그를 범인으로 단정할 만한 확실한 증거는 없었다. 그날의 명백한 알리바이가 없다는 것뿐.

언제 일어났는지 아이가 잠이 아직 남은 눈으로 앉아 모로 누워 등지고 있던 나를 쳐다보고 있었다. 내가 아이를 쳐다보자 바로 기어서 내 등에 달라붙었다. 그리고 내 팔을 잡고 서며 몇 마디 옹알옹알하더니 입을 만졌다. 마마… 마마…, 돌이 되기 전에 말문이 트인 아이는 받침을 모조리 빼고 옹알거렸다. 식탁 위에 미리 아내가 챙겨 놓은 아이의 아침밥을 그대로 가져다가 눈앞에 들이밀자 두 손으로 와락 잡아들고 수저질을 시작했다. 늘 채우던 턱받이도 유아용 식탁 의자도 없이 방바닥에 식판을 두고 아이는 물 만난 고기처럼 양팔을 휘저었다.

예성당(藝聲堂_Yesungdang) | 99

흐트러진 아이를 씻기고, 양 볼에 로션을 발라 주고 나자 아내에게서 연락이 왔다. 희미하게 어르신들의 왁자지껄한 소리가 귓속을 파고들었다. 벌써 팔백여 평 밭의 반을 끝내고 모여 새참을 들고 있다고 했다. 아이의 안부부터 묻는 아내에게, 내 말을 듣지 않은 것이 괜히 심술이 나서 한마디 툭 쏘아붙였다.

"목소리가 날아가는데? 아이 두고 그렇게 혼자 나가니까 좋아?"

하긴 아내의 입장으로는 출산 후 나 홀로 첫 외출이긴 했다. 아이가 태어나고 지금껏 한시도 아이 곁에서 떨어져 본 적이 없었다. 그렇게 생각하자 엉덩이를 쳐들고 자는 아이의 모습도 오늘에서야 처음 확인한 내가 할 말은 아닌 것 같아 겸연쩍어졌다.

"감자, 이거 만만한 게 아니네, 허리 아픈 것은 참을 만한데, 자꾸 팔에 힘이 풀려서⋯⋯. 에구 참! 감자알 크기를 구분 못하겠어."

그러더니 아내는 소리를 죽여 속삭였다.

"대중소 세 개로 구분하랬다가, 가장 작은 조림용은 따로 추리라고 했다가, 그렇게 추려 놓으면, 다시 다섯 개로 구분하랬다가⋯⋯, 여기 어르신들 말, 진짜로 못 알아듣겠어. 사투리 땜에 머리에 쥐가 나네. 내가 갈라놓으면 홍 언니가 다시 골라서 구분해."

"그래서 내가 뭐랬어? 괜히 일만 더한다니까⋯⋯."

"아냐, 동기 아저씨가 제수씨, 제수씨 해 가면서 얼마나 잘
해 주는데, 그래. 트랙터로 밭을 한번 엎어 주니까 흙만 잘 털
어 내면 되는데, 크기를 구분 못 하겠다니까."

"동네에서 누가 나오긴 했어?"

장평댁하고, 그녀의 사돈 내외 그리고 이장댁인 갈 회장님
이 돕는다는 아내의 말에 살짝 마음이 놓이긴 했다. 그러나 장
평댁은 작년에 팔순을 넘겼고, 사돈 내외도 작년에 하던 일을
내려놓았다고 했으니 역시 일흔은 넘었을 테고, 갈 회장 또한
일흔을 앞에 두고 있으니 그 밭에는 빠득빠득 힘쓸 사람이 없
는 거였다. 하긴 예약한 노동력들이 하루 사이 약속을 어기고
일이만 원 일당을 더 쳐주는 옆 동네 콜라비 하우스로 빠져
버린 모양이어서 일흔을 넘긴 동네 할머니들의 손 하나도 아
쉬운 판이었을 것이다. 그마저도 저간의 일로 마음 상한 마을
어르신들은 냉정하게, 홍 언니의 도움 요청을 잘라 버린 터였
다. 돈도 돈이었겠으나 한편으로 외국인 불법 체류자를 단속
하는 단속반들도 문제이긴 했다. 법이 그렇다니 뭐라 대들어
싸우지도 못하고 일을 시작도 하기 전에 홀랑 일손들을 빼앗
겨 버리는 경우가 여기저기 심심찮게 터져 나오기도 했다. 감
자를 심기 전, 그러니까 여름 옥수수를 수확할 때도 일하러 온
파키스탄 노동자들을 모조리 연행해서 본국으로 돌려보낸 적
이 있어서 일손을 구하기가 더욱 어려워졌다. 이미 예성당은
외국인 노동자들 사이에서 위험한 곳으로 낙인이 찍혀 버렸던

예성당(藝聲堂_Yesungdang) | 101

것이었다.

"암튼, 구박받지 말고 부지런히 손발을 놀려. 나이가 들었어도 그 어르신들은 프로들이야, 그 반의반만이라도 속도를 따라가야지, 어르신들은 고랑 하나 끝냈는데, 제일 젊은 자기만 뒤처져 헤매고 있으면 뭐라고 말도 못 하고 눈치만 보이지 않겠어?"

"에이그, 잔소리 좀 그만하시고. 내가 여기서 이상한 소문을 하나 들었거등. 이따 집에 가서 말해 줄게, 기대하셔. 당신도 혹 할걸? 네 시, 늦어도 네 시 반 정도면 이 밭은 끝날 것 같아. 점심 잘 챙겨 드시고."

소문이라는 말에 나는 확 관심이 쏠려 더 묻고 싶었으나 아내의 사정을 생각해서 별말 없이 전화를 끊었다. 한창 부잡스러운 시기를 지나고 있는 아이는 펌프형 베이비 로션을 짜서 손바닥으로 훑었다가 방바닥에 손도장을 찍고 있었다. 아이가 나를 보고 씩 웃었다.

사실 예성당 안주인에게 '홍 언니'라는 별칭이 붙은 것은 우리 부부와의 근거리 나이 차이 때문만은 아니었다. 예성당 내외와 처음 안면을 트고도 한동안 왕래는 거의 없었다. 전화를 붙들고 통화를 할 만큼 가까워진 것은 그해 여름 막바지 태풍에 큰길로 이어지는 다리가 잠기면서 결국 아내가 병원에 못 가고 딸아이를 집에서 출산하면서 ― 자세한 사정은 기회를 봐서 다시 이야기하기로 하자. ― 부터였다. 딸아이를 낳고 산후조리를 하는 동안 예성당 안주인은 아낌없이 손을 빌려주었다. 인구 감소를 겪는 지자체에서는 경력 단절의 여성을 대상으로 산후 도우미 교육을 실시하여 산모들에게 붙여 주었다. 인구 감소를 막고 한편으로 일자리를 창출한다는 일석이조의 전략이었다. 저출산 상황에서 농어촌의 인구 감소를 막아 보겠다 내놓은 전략이겠으나 그것만으로 무너지는 절벽을 막을 수는 없었다. 어찌 되었든 임신 사실을 확인한 순간부터 아이가 태어나면 군의 지원을 받아 집에서 산후조리를 하겠다고 아내는 결정했다. 장모는 세상천지 피붙이 하나 없는 것처럼 군다고 매일 통화로 일갈했으나 아내는 요지부동이었다. 시어머니 쪽에서도 한사코 조리원을 마다하는 며느리가 불편하기는 마찬가지였을 것이다. 한번 결정한 것을 쉬이 바꾸는 성격도 아닐뿐더러 매정한 데가 있었다. 어쩔 수 없이 내가 나서서 갈음을 했다. 계약된 산후 도우미가 보름 동안 아내를 보살폈는데, 홍 언니는 이삼일에 한 번씩 들러 표 나지 않게 산후 도우미를 단속하곤 했다. 특히 국을 끓이거나 나물 간을 하는 법을 직접 시범 보였는데, 나지막했으나, 말의 맺음은 단호했다. 그렇다고 결코 과하지는 않았다. 조금은 수다스러웠던 산후 도우미는 기세에 눌린 듯 예성당 안주인만 있으면 말을 아꼈고, 손짓, 발짓도 조심했다.

"종가의 종부는 하늘이 낸다더니……, 언니 말투에 그 오지랖 넓은 도우미 이모가 눈치를 보더라니까. 도우미 지원도 내

예성당(藝聲堂_Yesungdang) | 103

일이면 이제 끝이네……. 근데 예성당 언니 이름이 뭔지 알아? 홍자야, 장홍자!"

어느 순간 아내는 홍 언니라고 불렀다. 그리고 나도 호칭을 정리했다. 그렇게 나는 김씨 문중 예성당의 바깥주인을 동기 형님이라 부르게 되었다.

2

늦어도 네 시 반이라더니 그도 한참 지나 다섯 시쯤 집에 돌아온 아내는 엄마, 엄마 하며 아이가 달려들자 한 발짝 떨어져 눈만 맞추고는 바로 욕실로 향했다. 나는 아이를 안고 제 엄마에게서 시선을 돌려 보았으나, 이미 엄마가 들어간 곳을 확인한 아이는 내 품을 힘껏 밀어 내며 칭얼거리기 시작했다. 나는 아이를 그대로 바닥에 내려놓았다. 아장아장 아이가 제 엄마가 들어간, 닫힌 욕실 문을 손바닥으로 두들겼다. 그러자 아내가 욕실 문을 빼꼼히 열더니 아이를 데리고 욕실로 들어갔다.

솔직히, 아이가 제 엄마를 따라 욕실로 들어가 버리자 머리 끝에서부터 등을 타고 엉덩이로 뜨거웠던 혈기가 내려가면서 개운해졌다. 그제야 여유로워진 나는 물을 끓이고 커피콩을 갈았다. 커피를 내리며 거실 너머 창밖을 살폈다. 며칠, 햇빛이 좋아 테라스에 옮겨 놓았던 로즈마리 화분의 그림자가 창을 뚫고 거실 바닥에 기울어져 있었다. 가지가지들이 바람에 흔들릴 때마다 거실 바닥이 아른거렸다. 해가 짧아진 것이라고 잠깐 생각했다가 아침에 흘려들은 날씨 예보가 떠올랐다. 북쪽으로 구름이 몰리고 있는 것이 곧 첫눈이 내리긴 할 모양이었다.

아이와 함께 씻고 나온 아내가 머리를 말리면서 입을 쉬지 않고 줄줄줄 이야기를 풀어놓았다. 헤어드라이어 소리에 아내의 말을 정확히 알아들을 수는 없었으나 껴들 틈 없이 말들을 쏟아 내었다.

"분명 홍 언니는 누가 그랬는지 알고 있는 듯한데, 나한테도 입을 꾸욱 닫고 말을 않더라고. 근데, 장평 할머니댁 사돈 있지? 작년 겨울에 저기 마당 왼쪽 뚝에 뽕나무 가지 정리해 주신 분 있잖아, 그 어르신이 뭐라고 한마디 했는데, 이장댁 갈회장이 눈치를 주더라고."

읍내에 사는, 장평댁의 사돈은 읍내 시장에서 국밥 장사를 했다. 장터 백반집이 입소문을 타며 대박이 나자 그 옆에 붙어 있던 사돈의 국밥집도 덩달아 유명해졌다고 했다. 그동안 장날에만 반짝, 그럭저럭 유지해 오던 장사를 이제는 그만하고 접어야지, 하던 차에 꼬박꼬박 돌아오는 오일장 날이 아니어도 고급차를 몰고 들이닥치는 도회지 사람들로 넘쳐 난 것이었다. 사돈 내외는 이미 나이가 들어 버린 후였으나, 그렇게 너무 늦게 터진, 국밥집을 그대로 접을 수는 없었던 모양이었

예성당(藝聲堂_Yesungdang) | 105

다. 딸과 사위, 그러니까 장평댁의 막내아들과 며느리가 맡아 장사를 이어 가면서 자연스럽게 양파밭은 사돈 내외가 오가며 함께 경작했다. 바깥사돈은 가끔 우리 집 지하수를 끌어다 쓰며, 사위와 야구 경기 공수를 바꾸듯 그렇게 위치를 바꾸고는 삶이 훨씬 수월해졌다고 말하곤 했다.

"뭐라고 했는데, 그래?"

"뭐랬더라……, 병수 있잖혀, 병수! 딱 봐도 그놈이지, 애먼 사람만 잡도리하고 있어, 그랬어."

아침나절 아이가 가지고 놀던 로션 병을 손에 들고 아내는 장평댁 바깥사돈의 말투뿐만 아니라 손동작까지 흉내 내었다. 손바닥에 덜어 놓은 로션이 흘러 방바닥에 떨어졌다. 아내가 화장지를 뽑아 쓰윽 닦고는 그대로 한쪽으로 밀쳐 두었다.

"병수? 병수가 누군데?"

"분위기가 하도 이상해서 홍 언니한테 조용히 물어보니까, 눈짓으로 이장님을 가리키더라고."

"이장님 이름이 병순가?"

"이장님은 문병균, 이장님 동생이 병수! 나도 몰랐어!"

"저기 아랫동네 아로니아 농장 문 대표?"

문 대표는 우리 부부가 집 지을 땅을 살피던 중 부동산 김 씨의 소개로 처음 만났다. 선친에게서 물려받은 땅 한쪽을 잘라 팔겠다는 것이었는데, 논을 메우고 세 개로 필지를 나누어 하나는 주택용 매물로 내어 놓고, 나머지는 비닐하우스를 지어 아로니아를 심었다. 그리고 또 한쪽에 컨테이너 사무실과 창고형 공장을 들이고 아로니아를 가공하여 즙과 가루를 인터넷으로도 팔고 있었다.

선친이 물려준 논으로 장난질한다며 형님, 이장은 심히 못마땅해했다. 그러다 마을을 두르는 도로 계획이 서면서 도로에 물릴 또 다른 선친의 땅 때문에 둘 사이에 종종 마을을 뒤집을 듯 시끄러운 싸움이 났다. 얼마 전부터 소유권에 대한 법적 다툼도 진행되고 있었다. 만석꾼 선친의 유산 대부분이 이장님에게로 상속되었고, 문 대표에게는, 지금은 아로니아 농장이 된 열 마지기의 논과 읍내의 2층 건물 하나가 남겨졌다고 했다. 형제간 소유권 싸움이 난, 문제의 땅은 상속받은 읍내 건물에 붙어 있던 밭, 오백여 평이었다. 특별히 이 밭이 문제가 된 자세한 내막은 마을에 막 발을 들인 나로서는 알 수 없었으나, 확실한 것은 땅의 소유가 이리저리 옮겨 갈 기미가 보일 때마다, 그러니까 문 대표가 땅을 팔아야 하는 사정이 생길 때마다 남에게 절대 팔리지 않게 이장이 나서서 해결을 본 것 같았다. 내가 이해할 수 없었던 것은 굳이 그렇게 애를 쓰고 땅을 지켜 내면서 소유권은 문 대표에게로 그대로 유지되었다는 것이었다. 그래서 마을 사람들 대부분이 이장댁의 편으로 기울어져 있었으나, 내가 판단하기에는 문 대표가 훨씬 유리해 보였다. 현재 땅의 주인은 분명 문 대표였다. 막 이사를 마친 우리 부부의 귀에도 쉬이 들 정도면 그들 형제 사이

예성당(藝聲堂_Yesungdang) | 107

의 사정은 오래전부터 이미 곪을 대로 곪아 있던 일이었을 것이었다.

"예성당 아저씨하고 이장님 동생하고 동갑이어서 어렸을 때부터 친구였대. 걔들이 죽어 나간 그날도 땅 때문에 대판 싸움이 있었대, 내가 확인한 것은 여기까지고……. 그래서 말이지 내 촉인데, 아마 그날 밤에 문 대표가 이장님과 싸우고 예성당을 찾아간 듯해. 술 먹고 돌아가는 길에 고깃덩이를 던진 것은 아닐까 싶네. 거꾸로 말이지."

자못 진지하게, 그렇게 사건을 짜 맞추는 아내의 촉에 나도 살짝 넘어가고 있었다. 예성당으로 가는 길이 아니라 나오는 방향이라면 이번 사건은 새로운 국면을 맞을 수도 있었다.

"그리고, 걔들이 떼로 죽은 게 몇 번 있었대. 잊을 만하면 한날 몇 집씩 원인도 모르게 죽어 나갔다는 거야. 그때마다 범인을 찾으려고 했다가 못 찾고 그랬다는데. 그러고 보면 이 동네도 일 년 열두 달 중 조용할 날이 며칠 없네. 아주 심심치 않은 동네야. 암튼 내일도 가기로 했어. 날이 도와야 할 텐데 걱정이네. 저쪽 읍내 나가는 길에 감자밭이 하나 더 있더라고. 당신 내일까지 학교는 안 나가지?"

"그렇다고 문 대표가 그랬다는 증거는 없잖아?"

"물론 그렇지."

108 ㅣ 장꽃

3

아내는 유아용 수저 가장자리를 그릇에 훔쳐 가며 적당하게 양을 조절하고는 야무지게 아이의 입안으로 밀어 넣었다.

"이제 슬슬 새우를 다시 먹여 볼까 봐. 빠른 애들은 돌 되기도 전에 해산물 이것저것 안 가리고 잘만 먹는대."

아이가 이유식을 시작할 무렵, 새우젓이 들어간 애호박두부조치에 탈이 난 이후, 아내는 지금까지 아이에게 해산물은 가공이건 생물이건 눈곱만큼도 먹이지 않았다.

예성당에서 아내에게로 전화가 온 것은 그렇게 제 엄마랑 목욕을 하고 나온 아이가 한숨 자고 일어나 이유식을 먹고 있을 때였다. 전화벨이 울리자 이유식 그릇을 내게 넘기고 후다닥 현관으로 나가 마당을 가로질러 예성당 쪽으로 몸을 틀었다. 딱 봐도 한 시간짜리 홍 언니의 전화라는 것을 알 수 있었다. 아이에게 이유식을 마저 먹이고 아이의 입가를 닦아 내자 웬일로 일찍 통화를 마친 아내가 집 안으로 들어섰다.

"여보, 예성당에서 같이 저녁 식사하자고 하네, 아이 데리고 당신이랑 같이 넘어오라고. 지금 갑오징어 삶는다고 바로 넘어오래."

아내 혼자 다녀오라고 하려다가 아이를 메고, 기저귀와 분유를 대충 챙겨 아내 뒤를 따라나섰다. 생각하면 할수록 아까 아내가 했던 말이 궁금해서였다. 아내를 뒤에서 따라가는 동

예성당(藝聲堂_Yesungdang) | 109

안 궁금한 이야기를 어떻게 물어볼지를 생각했다.

십일월 중순을 넘어오면서 바람은 하루가 다르게 마르고, 쌀쌀함을 더해 갔다. 마을을 감싸고 흘러 나가는 몽강(夢江)의 여울치기도 한 뼘은 가라앉았다. 예성당 솟을대문은 멀리서 보던 것보다 더욱 커 보여서 아이를 메고 있는 어깨를 주눅 들게 했다. 처음 예성당 담장 안으로 들여놓는 발걸음이 살짝 설레기 시작했다. 마당으로 들어서자 리트리버가 어기적어기적 다가오더니 컹 한번 짖지도 않고, 아내를 비켜 자기 자리로 되돌아갔다. 트라우마로 유독 개를 무서워했던 아내는 별거 아니라는 듯 아랑곳하지 않고 성큼성큼 제 길을 나아갔으나, 오히려 나는 끝까지 놈을 주시하며 발걸음을 옮겼다. 원형 화단 중앙 향나무 한 그루가 예성당 대청마루 반을 가리고 있었다. 키가 오 미터는 족히 되어 보였고 몸집도 풍성해서 하늘을 향해 소용돌이쳐 올라가는 것처럼 보였다. 암키와 수키와, 막새기와까지 팔작지붕을 타고 기품이 흘러 향나무 꼭대기 꼭지로 모이는 듯했다. 내내 앞섰던 아내가 화단을 오른쪽으로 돌아 예성당 대청 댓돌에 올라섰다. 나도 아내의 뒤를 바짝 따라 신발 뒤축을 벗겨 냈다. 이번에는 너른 마당을 한 번에 품을 듯 지붕이 착 가라앉아 있었다. 향나무 왼편으로 아내가 이야기했던 잎을 떨군 함박꽃나무 군락이 눈에 들었다.

정면 세 칸이나 되는 넓은 대청마루는 앞쪽 들문을 모두 접어 들쇠에 올려 두고, 뒷벽 여닫이 바라지창을 활짝 열어 두었다. 대청을 통과하는 바람이 창밖 뒤란의 풍경을 눈 바로 앞으로 당겼다. 마루에는 다리가 접히지 않는, 길고 검은 교자상을 놓아두었는데, 다리 모서리의 자잘한 상처들이 수 대를 이어온 물건임을 금방 짐작할 수 있었다. 대청에 올라서자 내 키가 한 뼘은 작아진 듯했다. 나는 두리번거리며 천장을 올려다보았다. 들보와 서까래가 다 드러난 천장은 여느 한옥보다 더 높아 보였다. 먼저 집 주인 동기 형님이 나를 맞았고, 홍 언니가 부엌 쪽에서 얼굴을 내밀었다가 눈인사를 하고 다시 사라졌다. 갈 회장과 간단히 인사를 마친 아내가 홍 언니가 있는 부엌으로 향했다.

"어서 오시게나. 이럴 줄 알았으면 들창을 내릴 걸 그랬네. 날이 조금 쌀쌀하지?"

갈 회장이 마루에 올라서는 나를 기다렸다가 아기띠를 풀자 아이를 받아 안았다.

"아이구, 공주님 어려운 발걸음하셨네, 우리는 추운께 방으로 들어가세나. 우구구……."

"이장님은 안 오셨어요?"

"읍에 나갔는데, 아직 안 오네. 빨리 오랑께 뭐 하고 자빠졌을까잉, 금방 올 것이네. 어여 여 앉으소."

홍 언니가 매실주를 주전자에 담아 왔다. 아내는 쟁반에 바쳐 갑오징어미나리무침을 교자상 위에 내려놓았다. 붉은 양념에 자르르 윤기가 흘렀다. 동기 형님이 내게 술을 권하자 아내가 나섰다.

"이 사람 술 못 해요. 죽어요, 죽어. 한 방울도 먹으면 안 돼요. 피부가 뒤집어져서 아침 되면 득득 긁어서 피가 나. 대신 제가 한잔 받을게요."

"그랄라요? 그라믄 제수씨가 받으씨요."

매실 향기가 코끝에서 기분 좋게 돌자 한잔 받고 싶었으나, 아내가 선수를 치는 바람에 생각을 접었다. 갑오징어미나리무침에 밥을 먹으면서 나는 동기 형님이 제수씨, 제수씨 하는 말이 그지없이 낯설어 목구멍이 막힐 것 같았다. 제수씨, 그 말이 입안의 갑오징어처럼 귓가에서 미끌거렸다. 어느새 아이를 재워 안방에 눕힌 갈 회장이 교자상 한쪽에 자리를 잡으며 술잔을 동기 형님 앞으로 내밀었다.

"나도 한잔 맛 좀 봅시다. 예성당 매실주 오랜만이네잉!"

"독해라우, 어머니 가셨을 때 담은 것인께 한 이십 년 되얐을라나. 그해 봄 매실이 지천이어서 몽땅 술 담궜더니 여직 남아 있네요. 황매실로 담가서 그런가 묵을수록 독해집디다."

술잔을 받아 한 모금을 들이켜던 아내도 컥컥거렸다.

"제수씨가 술을 좋아하는 갑소. 이래 뵈도 이 술이 앉은뱅이 술이어라우. 거 비금댁네 약술에 묻혔어도, 이 술도 꽤 거시기해서 심심찮게 사람들이 술을 찾아오요. 저기 봇씨요, 매실나무 저기 있소 안. 저 매실나무가 백 년은 되었을 것이요. 나 태어나기 전부터 있던 것인디."

그는 대청 뒤를 가리켰다. 어슴푸레해진 뒤뜰에 매실나무 한 그루가 서 있었다. 두 쪽 여닫이 바라지창에 가득 담긴 매실나무가 비현실적으로 보였다. 앉아서 팔을 걸칠 만큼 높은 상방을 넘어 나서면 아예 다른 세계가 펼쳐질 것 같았다. 놋쇠 풍경 하나를 매실나무 가지에 걸어 두었는지 가끔 가볍고 깨끗한 쇳소리를 냈다. 걸려 있던 것은 풍경만이 아니었다. 눈썹처럼 가는 초승달이 가지 끝에 걸려, 더는 떨어지지 않으려는 듯 애를 쓰고 있었다. 매실주 대신 나는 갑오징어무침에 빠져, 아니 정확히는 어금니에 향긋하게 씹히는 미나리에 취해 있었다.

4

그때, 솟을대문 쪽에서 인기척이 들렸다. 어수선한 발걸음이었다. 우리 부부가 들어서는 것을 보고도 관심 없었던 리트리버가 그 발걸음에 대고 컹컹 짖기 시작했다. 모두 대문 쪽을 쳐다보았다. 이장이었다. 어둠 속에서 모습이 온전히 드러나면서 금테 안경이 먼저 빛이 났다. 갈 회장이 늦은 것을 타박하려는 듯 몸뻬 바지를 추스르며 자리에서 일어섰다.

"야, 동기야, 찾았단다, 현석이 찾았디야."

막 술잔을 들던 동기 형님이 그대로 굳어졌다.

"전파사에서 화투 치고 있는디, 현석이 어매가 와서 광주 좀 데려 달라고 하드라. 왜 그러냐고 했더니 아무래도 현석이 찾은 것 같다고, 광주 행불자 가족 모임에서 연락이 왔다더라고."

술잔은 내려놓았지만 얼굴은 그대로 굳어 있었다. 동기 형님이 바지 주머니를 뒤지더니 휴대전화를 꺼내어 들었다.

"전파사라 그랬죠?"

"아니아니, 지금, 병수 새끼 불러 갖고 올라갔어. 늦었쓴게 내일 일찍 가라고 했는디, 딸네, 현숙이 집으로 가면 된다고 노인네가 고집을 부려서 할 수 없이 병수 불렀네. 그놈의 새끼가 오늘은 어쩔라고 술 안 처먹고 곱게 집에 들어가 있드라고……."

병수 새끼라는 말에서 이장의 눈썹이 사정없이 구겨졌다. 두툼한 금색 테두리 안경이 부담스러워 보였다.

"그 어르신도 인자 아흔 가차이되지 않았소? 무릎도 성치 않더만, 병수 서방님하고만 갔다요? 오매, 서방님하고만 보내믄 어쩐다요?"

갈 회장이 물었으나 이장은 대답 없이 금테 안경을 벗어 바닥에 스르륵 던지며 갈 회장이 남긴 매실주를 한 번에 꿀꺽 삼키고는 동기 형님의 전화기에 시선을 고정했다.

"어, 병수, 나여, 동기. 지금 어디신가……? 현석이 찾았담서……, 교도소, 광주 교도소……. 그려, 알았어. 조심히 올라갔다가 현석이 여동생한테 잘 알아보고, 낼 내가 다시 전화함세. 아, 그라고 올라가다 약국 들려서 엄니 청심환 하나 챙겨 멕여 주고. 편의점 가도 있을 거이야. 꼭 사서 드시게 해. 고생

하소."

이장에게 바짝 다가섰던 갈 회장이 동기 형님을 쳐다보며 털썩 주저앉았다.

"아이고, 동기 삼촌아, 인자 되얐다, 되었어. 그간 얼매나 속이 썩었을 것이요. 삼촌 속도 썩을 대로 썩어서 갈라 보면 시커멓게 말랐을 것이요, 안 그려요?"

동기 형님은 휴대전화의 저장된 전화번호를 뒤졌다. 손이 떨렸다. 홍 언니가 그에게서 전화기를 넘겨 받았다. 서로 말을 오고 가지 않았어도 통화가 어디로 향해야 하는지 잘 알고 있는 듯했다. 그 모습이 낯설게도, 익숙하게도 보였다.

"아주머니, 저 동기예요. 잘 계셨지요? 밤늦게 죄송합니다. 현석이를 찾았다는데, 자세한 것은 아직 저도 모르겠어요. 낼 제가 광주로 올라갈께요……."

모두의 시선이 동기 형님의 전화기로 쏠렸다가 통화가 끝나자 그의 표정으로 옮겨 갔다. 얼굴이 빨갛게 달아올라 있었다. 홍 언니가 입을 열었다.

"목소리는 어떠셔요? 정정하신가요?"

"다르지, 한 해 한 해가, 여든이 넘은 게 재작년이었어. 그래도 강골인 셈이야. 작년에는 감기로 고생 좀 하더만 오늘은, 목소리는 괜찮구만. 짱짱허네. 사십 년 전이랑 똑같애."

"영광식당 아줌닌가? 그라지, 그 아줌니한테는 소식을 줘야제."

이장의 말을 끝으로 한동안 대화가 끊겼다. 대청의 분위기

예성당(藝聲堂_Yesungdang) | 115

가, 차곡차곡 벽돌을 쌓아 올리듯 올라오던 술판의 흥이, 순식간에 찬물을 끼얹은 것처럼 가라앉자 나는 아내에게 집에 가자고 눈짓을 넣었다. 아무래도 우리 식구가 끼어 있는 것이 부담이 될 듯하였다. 아내가 아이를 찾아 고개를 돌렸다. 빼꼼히 열린 안방 미닫이 문틈으로 잠들어 있던 아이가 보였다. 내가 몸을 일으켜 아이에게 향하자, 동기 형님이 손사래를 쳤다.

"왜 일어선가? 갈라고? 그라지 말고 좀만 더 있다 가소. 술을 마셔도 취하지도 않고, 어째 오늘은 잠이 안 올 것 같네야."

갈 회장이 그의 말을 덥석 받았다.

"그랬씨요. 좀 더 있다가 가씨요. 사실은 모다 좋은 일 아니요? 이제 죽어도 여한 없는 일…… 술 못 마시믄 음료수라도 줄까?"

"그라제, 좋은 일이제, 인자 몇 사람이 편하게 눈 감을 일 아닌가 말이야. 병수 그 새끼도 인자 정신 돌아오것구만. 땅도 내놓고, 그 땅이 어떤 땅이라고 지가 차지하고 있어? 내놓것지? 그라것지? 나도 인자 속 시원허시."

이장의 말에 나는 다시 자리를 잡고 앉다가 음료수를 가지러 부엌으로 가는 갈 회장을 막았다.

"좋은 일이면 나도 술 한잔 할게요. 음료수 말고 여기 이 술이면 됩니다. 저도 주세요."

그때까지도 조용하던 홍 언니가 눈물을 훔치며 안방으로 들어가자 눈치를 보던 아내가 뒤따라갔다. 나는 다시 자리에 앉아 갈 회장이 따라 주는 술을 받아 입술에 살짝 적시고 상 위

116 ┃ 장꽃

에 잔을 내려놓았다. 살짝 댔는데도 입안에 매실 향이 가득 돌았다. 동기 형님은 이장이 따라 주는 술을 거푸 비웠다. 나는 술 주전자를 받아 빈 잔을 채웠다. 행불자, 현석이, 가출, 광주……. 이 마을에 이사 와서 그간 들어 본 적 없는 단어들이 예성당 대청 서까래 아래에서 부유했다. 머릿속에서는 부유하던 말들을 당겨 계속 연결해 보았으나 명쾌하게 꿰지지는 않고 더 엉켜들기만 했다.

"인제 엠빵할 뱅수 새끼도 잠잠해질라나 몰것네. 근께 뭔 지랄한다고 가출을 해. 때가 어느 때라고. 거가 어디라고, 싸돌아다녔냔 말이어. 이 미련한 종자들아."

"그랑께요, 형님! 그때는 뭐가 그렇게 분하고 억울해서 사고만 치고 이리저리 싸돌아댕겼는지 나도 잘 몰것소. 그날도, 본가에 오겠다던 병수 새끼는 수학 선생한테 대들었다가 정학받게 생겼쓴께 죽어도 여기 집에는 안 내려올란다 하고, 현석이는 아부지 땅문서까지 훔쳐서 전당포에 잽혀 놓고 같이 서울로 튀자고, 광주로 올라오라고 해싸튼만……. 친구들끼리, 의리 빼면 어디 가서 행세도 못 했을 시절이었쓴께요. 그래서 나도 광주로 올라갔지. 그날이 토요일이었을 것이요, 광주에서 영광 아주머니가 안 막았으면 기실 병수 놈도 현석이 따라 그때 디졌을 것이요."

"고것이여 고것! 그 사달을 내놓고도 데모한답시고 감옥소 들락거릴 때마다 그 옥바라지를 누가 다 했는디, 그 땅을 차지하겠다고야 저 생난리를 치니……, 그 밭이 어떤 땅인디."

"형님도 그만 좀 하씨요, 그 땅 없음 굶어 죽소? 병수가 그
날 잡혀 먹은 땅을 찾을라고 을매나 고생했는지 아요? 아닌
말로 그 땅이 형님네 것이요? 원래는 현석이 아부지 것 아니
요. 현석이가 광주 그 일 있을 때 집 나서면서 전당포에 잡힌
땅인디. 그라고 병수가 여태 그 빚을 다 갚었잖소? 존 일 한다
고 소송 건 그것도 취하하고 동네 사람들한테도 인심 좀 사게
해 주씨요. 꼭 그렇게 형제끼리 법정까지 가야 쓰것소?"

"그 땅 가지고는 너도 잔말 말어! 나도 그 땅에 얼마나 정성
을 들였는디. 지가 지 손으로 지었음사 내가 이러간디? 평생
을 내 손이 간 땅이여."

두 사람이 내 앞에서 오래된 속엣말을 꺼내기 시작한 것은
비단 술기운 때문만은 아니었다. 오히려 양쪽 다 술을 들이킬
수록 정신은 또렷해 보였다. 가끔 푸-, 숨을 내뱉던 동기 형님
을 보고 이장이 술을 다시 따르며 한마디 툭 던졌다.

"그나저나 현석이 나온 디가 광주 교도소라는디, 왜 하필 거
기서 나왔을까잉."

"어쩌면 그때부터였는지도 모르것어요. 순진하던 병수가 저
렇게 모질어진 것은 내락 없이 국가에서 그때를 기념식 하자
고 판 깔아 댈 때부터……."

동기 형님은 분명 집히는 데가 있어 보였으나 더는 말을 잇
지 않고 술만 들이켰다.

매실나무에 아슬아슬하게 걸려 있었던 달이 지고 대신 검은 하늘이 부옇게 흐려져 있었다. 한참 술잔이 도는가 싶더니 동기 형님도, 나도 모르게 이장은 건넛방에 누워 버렸다. 갈 회장이 집으로 가자며 깨웠으나 한번 쓰러져 버린 이장은 꿈쩍도 하지 않았다. 홍 언니가 그냥 두라고 갈 회장을 막았다. 그리고 이불을 내왔다. 나는 슬슬 집으로 돌아갈 작정으로 아내를 불렀으나 대꾸가 없었다. 안방 문을 조심히 열어 보았다. 아내도 아이 옆에서 잠이 든 것을 확인하고 깨우려다 그냥 자리로 돌아와 앉았다. 홍 언니가 어질러진 상을 정리했다.

"낼은 광주로 움직여 봐야지요?"

"그래야겄제."

"그라믄 술 그만하고, 차나 한잔합시다."

"그려, 이것까지만 할랑께, 차는 여 강 선생이나 내어 주소."

홍 언니가 내 얼굴을 쳐다보더니,

"아이구, 몸에 안 받으면 마시지 말지, 억지로 마셨어요? 올봄에 덖은 야생 찻잎 있어요. 술 그만하시고 차 드세요. 금방 내올게요."

"얼굴만 이래요, 조금 있으면 괜찮아질 겁니다."

나는 붉어진 내 얼굴을 보는 시선들이 부끄러워 급히 화제를 돌렸다.

"근데 갈 회장님은 어디 가셨어요? 화장실 가셨나?"

방금 전까지 건넛방에 누워 버린 이장을 살피던 갈 회장이

예성당(藝聲堂_Yesungdang) | 119

보이지 않았다. 홍 언니는 대수롭지 않게 집에 갔다고 했다. 부창부수라고 했던가. 인사도 없이 바람처럼 쌩, 사라져 버린 양이 '갈 회장'이라는 이름과 너무 잘 어울렸다. 갈이라는 성씨도 신기한데, 거기에 회장을 붙여 아이들이나 어른들이나 존칭도 없이 갈 회장, 갈 회장 하고 부르는 것이 더욱 신기했다. 홍 언니가 빈 접시를 치우며 차를 내오겠다고 부엌으로 향했다. 동기 형님이 한숨을 깊게 한번 쉬더니 나지막하게 이야기를 시작했다. 그러면서 그는 계속 아래 턱 흉터를 만지며 가끔씩 한숨을 내쉬었다. 그런데 그는 사투리를 전혀 쓰고 있지 않았다.

"현석이 놈 그렇게 되고, 꼭 데모하려고 대학 간 것처럼 그러다 꽃다운 청춘 다 가도록 교도소만 들락거리더니 나라에서 정식으로 기념식을 하고서부터, 그때부터 딱, 사람이 변하더니만. 병수 녀석 마치 기억상실증에 걸린 것처럼 그날 일을 한마디도 안 하더라고. 참 이상한 일이지? 이 나이 먹었어도 알 수가 없어. 이제는 속 시원히 말도 할 수 있고, 드러내 놓고 고개 숙여 기억해도 누가 뭐라고 할 사람 하나 없는데, 그렇게 세상이, 이제는 드러내라고 하는데도 말이야. 그때부터 광주 일은 뒤도 안 돌아보고 미친개처럼 사납게 달려들더라고, 땅에, 돈에 말이야."

5

읍내에 있는 중학교를 졸업하고 나는 어머니 고집대로 여기서, 통학이 가능한 목포로 고등학교를 갔는데, 현석이하고 병수는 광주로 진학을 했지. 나도 그 친구들이랑 함께 광주로 가려고 준비했었어. 그런데 고등학교 입학이 정해지고 아버지가 급작스럽게 돌아가시는 바람에 학교를 변경해야만 했지. 현석이는 고등학교를 졸업하면 바로 취직하겠다는 자기 바람대로 상고를 택했고. 병수야, 그놈은 공부를 잘했거든, 머리가 비상한 놈이었어. 그래서 그 어렵다는 K고에 합격해서 그 어머니가 동네에서 기가 빳빳이 살아 다니지 않았겠어. 강 선생도 학교에 있으니 K고 알지? 아 그래? 강 선생이 그렇게 말하는 것을 보면 그 위세가 지금도 여전한가 보네. 그렇지, 세상이 변하고 아무리 없어졌다고 해도 지연, 학연은 쉬이 없어지는 것이 아니니까, 그 전통이 어디 갈 것인가. 중학교 다닐 때부터 병수란 놈은 사고란 사고는 다 치고 다녔어도 마을 사람들은, 한 번씩은 눈을 질끈 감아 주곤 했어. 마을 이름 낼 인물이라고 했거든. 중학교 졸업도 하기 전에 현석이는 입학할 고등학교 근처에서 혼자 자취방을 잡아 여기를 떴고, 병수야 집이 워낙 넉넉한 터라 하숙을 택했고. 나? 섭섭했지, 이만저만 실망도 하고. 때를 딱 맞추어 가신 아버지가 야속하기도 했고, 억울하기도 했고. 한동안 목포 학교에도 도통 적응할 수가 없었으니까. 지금 생각해 보면 광주에서 학교를 못 다닌 것이 억울해서 그런 것만은 아닌 것 같네. 녀석들하고 떨어져야 하는 것이 억울했던 것이지…….

그때가, 2학년, 그니까, 중간시험 때였지. 시간이 간다고 잊을 수 있는 일이 아니니까, 세세한 것 하나하나 모두 다 정확히 기억해. 어린이날에 어버이날, 스승의 날, 그렇지 그때 성년의 날은 어린이날 다음 날이었던 것으로 기억하네. 오월은……, 참 젊은이들에게는 숨 가쁜 달이 아니던가. 더구나 내가 다녔던 학교가 가톨릭계 미션 스쿨이었거든. 마침 학교장으로 새로운 신부님이 부임하셨지. 그렇게 이리저리 기념일도 있고 휴일도 끼어 있어서 예년보다는 조금 일찍 중간시험 일정이 잡혔었어. 역시 우리 때는 봄 학기 중간고사는 준비 없이, 준비했다 하더라도 그런 분위기에 무너져서 대충 시험을 치르곤 했어. 선배들은 더했을 거야. 지금 수험생들이야 깜짝 놀라, 말도 안 되는 소리라고들 하겠지만 말이지. 나는 중간시험을 대충 치르고 병수하고 현석이를 목을 빼고 기다렸어. 거, 강 선생은 정윤희라는 여배우를 아는지 모르겠네. 우리 때는 정윤희가 최고의 여배우였지. 아무리 봐도 내 눈에는 지금도 비교할 상대가 없는 것 같아. 아무튼! 녀석들이 오면 목포 시내로, 정윤희 나오는 영화를 보러 가자고 했었거든. 제목도 기억하지. 죽음보다 깊은 잠. 서울에서 개봉한 지 반년이 지나 드디어 목포 극장에 필름이 들어왔다는데, 중간시험이 눈

122 | 장꽃

에 들었을 것인가? 나뿐이 아니었어. 우리 반 애들 죄다 그때 중간시험은 망쳤을 것이네……. 중간시험이 끝나고 다음 날이 반공일, 그때는 토요일도 오전까지는 수업을 진행했지. 늘 그랬던 것처럼 시험이 끝난 반공일은 임시휴일이었고. 그래서 난 학교를 가지 않았고 녀석들이 내려올 때까지 저기 아래채 방에서 무협지나 보면서 뒹굴고 있는데, 학교에서 비상 연락망을 띄운 거야. 휴교령이었지. 크게 놀라지는 않았어. 박통 총 맞아 죽고 이미 앞서 몇 차례 휴교령이 있었으니까. 현석이 아버지가 마을 이장이었는데, 우리 집에 와서는 학교가 며칠 휴교되었다고 알려 주더라고. 학교 안 가도 되니까 당분간은 싸돌아다니지 말고 집에 꼭 붙어 있으라고. 그때는 종종 그랬어. 전화란 게 한 집 걸러, 아니 두세 집 걸러 있었고, 긴급한 소식들은 전화보다는 그렇게 전해 들었지. 학교에서도 일이 생기면 집으로 바로 연락하지 않고 면사무소나 마을 회관으로 먼저 연락을 했고, 이장이나 면사무소 소사들이 집집을 돌며 일일이 소식을 알려 주러 왔었어. 현석이 아버지는 집에 꼭 붙어 있어야 할 이유는 말도 안 해 주고, 그냥 돌아가려다 멈추더니 대뜸 현석이가 연락이 안 된다는 거야. 말수 적기로 소문난 현석이 아버지가 굳이 광주의 사정을 모르는 내게 그런 말을 하는 것도 처음이었고, 휴교령이라는 말보다 오히려 현석이가 연락이 안 된다는 그 소릴 듣고 나는 더 놀랐지. 현석이를 긴급하게 찾을 일이 무엇인가 궁금했어. 전보도 치고, 광주

예성당(藝聲堂_Yesungdang) | 123

자취방 주인집에 전화도 넣었는데 현석이랑 통화를 못 했다고 하더라고. 나는 주말에 병수, 현석이 둘 다 집에 다녀가기로 했다는 말은 현석이 아버지한테 안 했어. 대신 현석이 아버지가 돌아가자마자 나는 어머니가 안채 벽장에 넣어 둔 전화를 몰래 꺼내서 병수 하숙집으로 연락을 넣었지.

반공일이라 시간도 그렇고, 병수가 바로 전화를 받을 거라고 기대는 안 했어. 하숙집으로 돌아오면 알 수 있게 긴급 연락이라도 넣어 두자는 마음이었지. 그런데 바로 연결이 되더만. 학교 끝나고 하숙집에 막 들어온 참이라고, 다음 날 학교 동문 체육 대회가 있어 그거 준비하다 조금 늦었다고 그러더라고. 그러면서 하는 말이 광주가 시끄럽다는 거야. 대학생들이 여기저기서 데모한다고, 그래서 학교 가는 길이 험하다고. 현석이를 물었더니 저녁에 만나기로 했다고 하더구만. 그러면서 집에는 못 내려올 것 같다고 해. 광주가 시끄러운 것이 나와는 하등 상관없는 일이었고, 털끝만큼도 관심 없었어, 그러든지 말든지. 그 녀석들 내려오면 영화도 보고 목포 시내 가서 신나게 싸돌아다닐 작정을 했던 내게, 아무렇지 않게 한 번에 와르르 부푼 기대를 무너트리는 병수의 말이 너무 섭섭해서 나는 씩씩 콧바람 뿜어 대고 있었어. 일순간 배신당한 기분이 들더라니까.

수화기 너머로 낌새를 차렸는지 병수가 그러더라고. 당분간 학교도 쉬겠다, 현석이가 서울 가자고 한다고, 나더러 광주로 올라오라고. 해서 나는 다음 날 새벽 첫차를 타고 올라갔지. 당연히 녀석들도 학교가 휴교되었겠거니 생각했었지. 그런데 알고 봤더니 이것들은 학교를 제치려는 심산이었더군. 광주 시내 고등학교는 휴교령이 전달 안 되었거든. 병수는 수학 선생하고 쌈이 붙어 학교를 그만두겠다고 그러고, 현석이도 자퇴하고 서울로 일하러 가겠다고 아버지 몰래 훔쳐 온 땅문서 전당포에 잡혀 놓고 서울 갈 여비를 만들어 두었더라고. 그것도 모르고 옳다구나, 나는 뒤도 안 돌아보고 버스를 탔던 것이지. 응? 그때 선택을 후회하는 것 같다고? 후회하냐고……. 아니, 아니여, 절대 그런 것……, 후회는 손톱만큼도 안 해. 그런데 아직도 그 순간이 여기 이 가슴속에 딱 맺혀서 안 내려가는 것이 있지. 그 순간이. 웃기지? 광주서 열흘이나 갇혀 있었으면서 하필이면 왜 그 순간만 여기 이 속에 맺혀 있던 것일까 몰라.

통화에서 들은 대로였어. 광주가 아주 어수선하더라고. 대인동 버스터미널에 마중 나왔던 현석이를 먼저 만났고, 현석이를 따라서 간 광주역 앞 광장에서 병수가 합류했고. 우리 셋은 광주역 안으로 들어갔지. 그런데, 아직 점심때도 안 지났는데 서울행 기차가 없는 거야. 서울뿐이 아니었어, 아예 기차가 없더라고. 하는 수 없이 우리 셋은 다시 역사 밖으로 나왔어. 그새 광장에는 사람들이 몰려들고 있었는데, 우리는 서둘러 고속버스 터미널로 길을 잡았지. 거리가 여기저기 난리였어. 그

렇지, 난리가 났다기보다는 딴 나라 딴 세상에 와 있는 것 같
았어. 드문드문 지나치는 차들은 경적을 마구 울렸고, 뒤로 군
용 트럭이 멈추고 군인들이 쏟아져 나오더니 모여 있던 사람
들에게 진압봉을 휘둘렀어. 몇몇이 막아서자 사정없이 바닥에
쓰러뜨리더니 군인 두세 명이 둘러싸고는 발길질을 마구 하더
라고. 눈앞에서 느닷없이 벌어진 그 일에 놀라서 본능적으로
가까운 상가 건물 안으로 뛰어 들어가 숨었지. 도로에 모여 있
던 사람들이 흩어지자 군인들은 다시 트럭에 타고 어디론가
가더라고. 내내 심장이 벌렁거려서……. 사람들은 대로를 따라
우르르 몰려가고 몰려오고 했고. 촌구석 살던 내 눈에는 완전
별세상이었다니까. 군인들이 그러는 것은 나는 처음 보았네.
그때까지도 눈으로 본 것들이 도대체 무슨 일인지 알 수가 없
었어. 건물에서 나와 물때를 만난 물고기들처럼 사람들을 따
라 거리를 마구 헤매고 다니다 고속버스 터미널에는 가 보지
도 못하고 그대로 현석이 자취방으로 갔고. 평소에는 잘 듣지
도 않았던 라디오에 신경을 모으다 새벽이 되어서야 겨우 잠
이 들었지. 라디오? 별것 없었어. 여느 날과 똑같았어. 답답했
지. 낮에 내가 눈으로 본 그 일이 무슨 일인지 궁금했는데, 라
디오에서는 한 꼭지도 언급이 없더군. 라디오 속 세상은 그지
없이 한가로워 보였네. 다음 날 나는 정오가 되어서야 일어났
어. 눈을 뜨니까 병수가 현석이 책상에 앉아 가방을 챙기고 있
더라고. 그러고는 학교에 가 봐야겠다고 자취방을 나섰고, 현

126 ㅣ 장꽃

석이도 병수가 나가자 자기도 갔다가 금방 오겠다고 날 자취방에 혼자 두고 나가더라고. 어제까지만 해도 서울로 가출할 생각을 하던 놈들이 학교엘 가 보겠다니 얼마나 어처구니가 없었던지……. 병수, 현석이가 나가는 것을 골목 입구까지 배웅하고 돌아서자 자취방 주인집 아주머니가 아버지한테서 전화가 와 현석이를 찾는다고 해서 내가 받았지. 받자마자 현석이 아버지는 고래고래 소리를 질렀어. 처음이었네, 그 양반이 그렇게 소리 지르는 것을 처음 들었어. 늘 천천히 조곤조곤 이야기하던 분이었거든. 그제야 나는 내가 전날 눈으로 본 것이 쉽게 지나갈 보통 일이 아님을 알았지. 나는 현석이 금방 들어온다고, 슈퍼에 라면 사러 갔다고, 집에 꼭 붙어 있을 것이니 걱정하지 말라고, 거짓말했고.

금방 학교 분위기만 살피고 온다더니 둘 다 저녁 무렵에야 자취방으로 되돌아왔지. 녀석들의 표정이 이상하게 굳어 있더군. 병수가 계엄군이 남자 가슴을 대검으로 찔렀다고 중얼거렸고, 현석이는 학교 정문에서 선생님이 끌려갔다고 했지. 추적추적 밤새 비가 내렸어.

다음 날 아침까지 비가 왔고, 비가 그치자 우리는 자취방에만 있을 수 없어 밖으로 나섰어. 집에 내려올 방법이 있는지 알아보자고 나선 길이었네. 시내, 중심에 가까워질수록 차도에 사람들이 꽉 메웠더라고. 차라리 우리 모두를 죽여라, 외치면서 계엄군과 대치하고 있었지. 이상한 것은, 분명 이틀 전만 해도 계엄군이 나타나면 뛰고 숨고 다시 모이고 하는 것이 반복되었는데, 그날은 도망가는 사람 하나 없었다는 것이야. 사람들은 당당하게 행진하며 비상계엄 해제하라고, 전두환은 물러가라고, 김대중을 석방하라고, 목청 터져라 구호를 외쳤지. 그날이 어떻게 지나갔는지 모르겠어. 날이 저물라고 그러는데, 사이렌도 울리고. 그날 계림동 어디쯤 되었을 거야. 우리는 너무 배가 고파서 무작정 찾아 들어간 식당에 발이 묶여 버렸어. 그 식당이 바로 영광식당일세. 주문도 없이 바로 김치찌개를 끓여 내주더니 우리가 다 먹고 일어서자 돈도 받지 않고 얼른 집에 가서 길거리에는 얼씬도 하지 말라고 하더라고. 주인아주머니는 먼저 식당 문을 밀어 내고 조심스럽게 식당 바깥을 살폈어. 문이 완전히 열리자 코끝에 메케한 화약 냄새가 돌았지. 순간 총소리가 따따따따 울렸어. 식당 주인아주머니가 우리를 다시 식당 안으로 밀어 넣었어. 미닫이문 잠금을 채우고 식당 주방과 이어진 안집 마당으로 몰아넣더니, 바깥 골목으로 통하는 대문까지 잠가 놓고, 나가지 말라고, 너희들은 아직 어리니까 여기 있으라고. 아예 평상을 모로 세워 대문을 막아 버리더라고. 아주머니에게도 아들이 하나 있었지. 우리보다 한두 살 더 먹었다고 했으니 고등학교 삼 학년이었을 것이네. 그 아들 방에서, 고만고만한 사내 넷이 우글우글 이틀을 그렇게 있었는데, 근데, 사흘째 새벽에 일어나 보니까 그 집 아들하고 현석이란 놈이 없어. 분명 전날 저녁이 다 되어서 하늘에서 불꽃이 튀고 총소리 날 때만 해도 둘 다 있었거든. 병수하고 나는 아침 일찍 아주머니가 잠깐 나간 사이 담을 넘어 그 집에서 나와 현석이를 찾아다녔어. 만나는 어른마다 오늘은 얼른 집에 가라고 그러더라고. 공수부대한테 걸리면 다 죽는다고. 그렇게 복작복작해도 혹시나 큰길로 나서면 현석이를 만나지 않을까 했어. 병수가 자취방에 한번 가 보자고 그러더라고. 지금이야 많이 변했지, 광주가 길이 단순했거든. 죄다 도청하고 광주역으로 통했으니. 그러다 현석이를 버스 터미널 쪽에서 찾았어. 거기가 금남로 오 가쯤일 거이네.

현석이가 눈이 뒤집혀 있는 거야. 어딘지 이상했어. 바짓가랑이가 피범벅이고. 총소리……, 총소리……, 그러더라고. 큰길에서 골목으로 병수가 잽싸게 녀석을 끌어들여 다친 곳이 없나 살폈는데, 다행히 다친 곳 하나 없었어. 이대로 안 되겠다 싶어서 나는 지금이라도 예성당 집으로 내려가자고 했지. 차 없으면 걸어서라도 가자고. 그길로 무작정 걸었어. 우리는 묻고 물어서 나주 쪽으로 방향을 잡아 걸었어. 현석이는 여전히 정신이 없어 보였어. 거기가 어디쯤이었는지 모르겠네. 봉고차 한 대가 지나치더라고 우리는 그 차를 잡아서 탔지. 광주를 빠져나가는 길이니 별일은 없을 줄 알았지. 나주로 거의 빠져나올 즈음이었네. 앞쪽에서 총소리가 들리자 기사님이 획 방향을 틀더라고. 그리고 무작정 농로를 달리더니 마을 입구에 차를 세웠고, 봉고차 안에 있던 사람들은 거기서 뿔뿔이 흩

예성당(藝聲堂_Yesungdang) | 129

어졌지. 아니야, 우리한테 쏜 것이 아니라 나주 쪽에서 광주로 들어오는 차였을 것이네. 우리는 어느 집 담장 밑에 한참을 숨죽이고 숨어 있다가, 걸어서라도 빠져나가자고 차가 샛길로 들었던 곳을 향해서 걸었어. 어디쯤이었을까. 다시 앞에서 콩 볶듯이 총소리가 다다다다 튀더라고. 그래서 병수하고 나는 바로 몸을 뒤로 돌려 튀었어. 마을에 성당이 하나가 보였거든. 무작정 성당 안으로 들어가 숨었지, 까리따스. 제단을 정리하고 있던 수녀님들이 뛰어와 밖을 확인하고 우리를 고해소 안으로 피신시켰어. 아이고……, 정신을 차려 보니까 현석이가 안 보이는 게야. 병수랑 나는 현석이를 찾으러 나서겠다고 했고, 만류하던 수녀님이 결국 사제복과 보따리를 내주면서 잡히면 무조건 남동성당 미카엘 신부님 밑에 있는 견습 사제라고 하라고. 그렇게 옷을 갈아입고 현석이를 찾으러 나섰지. 마을을 통으로 이 잡듯 뒤졌는데도 없는 거야. 어디로 가야 할지를 몰라서 안절부절, 일단 마을 밖으로 나섰는데, 바리케이드로 길을 막고 검문하던 계엄군들과 마주쳤어. 사제복 때문이었는지 우리에게는, 그래도 먼저, 어디로 가는지 묻더군. 심장이 요동을 쳐서 내가 우물우물하자, 병수가 손에 든 보따리를 뺏어서 풀더라고. 밀랍초하고 촛대가 나왔어. 그것을 확인하고 나는 수녀님이 일러 준대로 남동성당 미카엘 신부님께 간다, 그랬지. 한쪽에서는 광주로 진입하려는 차를 세우고 우르르 개떼처럼 몰려가 흩어져서는 한 사람씩 도로 가운데로

130 | 장꽃

끌고 나와 물고 뜯고……. 그러다 묶어서 트럭에 태우고 갔어. 서둘러 풀어진 보따리를 챙겨서 그곳을 벗어나려고 몸을 돌렸지. 병수가 내 손을 꼬옥 잡더니, 턱으로 한곳을 가리켰어. 나는 병수의 턱이 가리키는 방향을 따라가 보니 현석이가 계엄군한테 잡혀 있더라고. 머리가 터져서 피 철철 흘리면서 트럭에 실려 가는 현석이를 보고도 나서지 못했어. 병수도 나도 이미 정신이 나갔지. 안 봤으면 안 믿을 것이네. 그래도 내가 병수보다는 정신을 챙기고 있었던 것 같네. 병수를 끌다시피 해서 그곳을 벗어나 시내 쪽을 향해 걸었지. 결국 그렇게 현석이를 잃고 상황이 종료될 때까지 영광식당으로 되돌아가 며칠을 죽은 듯 지냈어. 사제복 차림으로 식당에 갔더니 아주머니 아들은 머리가 깨져서 누워 있더라고. 우리 대신 영광식당 주인 아주머니가 백방으로 현석이를 알아보고 다녔지. 들려오는 소문 하나에 기대야 했을 터라 어디로 갔다더라, 어디로 갔다더라 할 때마다 아주머니가 거기를 다녀왔어. 물론 매번 허탕을 쳤는데, 아주머니 말이 군인 하나가 광주 교도소로 가 보라고 했다는 거야. 일주일 넘게 묶여 있다가 끊어졌던 전화가 터지고서야 병수하고 나하고는 우리 어머니한테 잡혀서 여기 집으로 돌아오게 되었고, 현석이는 영영 돌아오지 못하고 말았네.

　병수 그놈 아는 내내 자기한테로 탓을 돌리고 있었던 것 같어. 지난주 개들 죽던 날, 그날 날 만나러 온 것이 공사 현장에서 실종자 유골을 찾았다고 뉴스에 보도된 날이었거든. 학교생활이 완전히 달라졌네. 돌아와서 병수는 한동안 말 한마디 하지 않았어. 실어증 걸린 것처럼. 병수 아버지가 우리 어머니한테 사정사정해서 나도 광주로 전학을 가게 되었네. 병수 아버지가 병수 학교 가까이 전셋집을 얻어 나랑 병수를 묶어 두고 사나흘에 한 번씩은 다녀가셨지. 그날 이후 병수는 공부만 하더라고. 어쩌다 여행 간다고 쪽지만 남겨 두고 나갔다가 돌아오곤 했는데 아마 현석이를 찾으러 다녔을 거야. 나는 모르는 척했어. 서른 살 무렵까지 십 년 넘게. 현석이를 못 찾고, 허탕 치고 돌아오면 내게 들러 술만 마셨지. 괴로웠을 것이야. 사실 나라도 그랬을 거야. 병수가 아니었으면 내가 그랬겠지. 서울로 대학을 가서도 병수는 경찰서를 들락거렸어. 나야 어머니가 감시하는 통에 예성당 담 밖을 벗어나지 못했지만, 병수는 해마다 그날이 되면 금남로로 나가 시위에 동참했어. 그리고 현석이를 찾기 시작했지. 대학을 자퇴하고 광주로 돌아와서 건설 현장에 나가기 시작하더군. 그것도 광주 외곽으로만 돌았어. 재개발하는 곳에 기를 쓰고 다녔지. 백골 시신이 나올 만한 곳을 돌고 돌았던 것 같아.

결혼하고 한 이삼 년 괜찮은 것 같더라고. 애가 생기니까 아무래도……. 근데 그 애가 걸음도 떼기 전에 죽어 버렸어. 결국엔 못 살고 이혼을 했지.

6

새벽, 동기 형님, 아니 홍 언니가 연락을 해 왔다. 전날 마신 술로 종아리를 득득 긁으며 아내에게서 전화를 건네받았다.

"강 선생님, 형님 모시고 광주 좀 다녀와 줄 수 있겠어요? 아무래도 제가 움직일 수 없을 것 같은데, 걱정이 돼서요, 부탁드려요."

동기 형님과 광주에 함께 다녀와 달라는 홍 언니의 부탁에 나는 순한 양처럼 예, 예 하고 말았다. 역시 예성당 종부 홍 언니의 말투에는 거절할 수 없는 무언가가 있었다. 그녀의 한없이 차분한 분위기에 이끌려 곧 가겠다고 대답하고는 아내를 쳐다보았다.

"광주 길은 잘 알지? 조심히 다녀오고, 말은 되도록 아끼시고. 나는 아이랑 예성당에 넘어가 있을 거니까. 전화하고. 오늘 남은 감자는 캐 버려야 하는데, 눈도 온다 그러고. 아저씨도 안 계시고 홍 언니 마음만 바쁘겠네."

아내의 표정을 보아 하니, 정작 당사자들은 빼놓고 그네들끼리 이미 말을 맞춘 것 같았다.

"아이는 어떻게 하고? 감자 캐러 갈 수 있겠어?"

"갈 회장님 오시고, 장평 할머니도 계시니까, 데리고 가야지."

알코올 알레르기로 몸을 득득 긁어 대느라 잠 한숨도 제대로 자지 못한 남편보다, 예성당 홍 언니의 걱정을 앞세우는 아

예성당(藝聲堂_Yesungdang) | 133

내에게 나는 살짝 서운했다. 편한 차림으로 나서는 나를 막아 세우면서 제대로 입성을 갖추고 가라고 하는 아내의 간섭을 무시하고는 차에 시동을 걸었다. 아내가 뒷좌석에 점퍼 하나를 넣어 주며 다시 조심히 다녀오라며 당부했다. 눈자위가 까끌까끌했고, 충혈되어 있었다. 이 역시 술 탓이었다.

예성당 솟을대문 앞에 차를 세우고 나는 조수석 서랍에서 인공 눈물을 찾았다. 엔진 소리에 리트리버가 컹컹 짖기 시작했다. 어쩐지 녀석의 짖는 소리에 쇳소리가 묻어 있었다. 나는 시동을 꺼 버렸다. 솔밭 사이로 동이 터 오고 있었다. 핸들에서 손을 떼고 잠시 눈을 감았다. 출발하기로 약속된 시간까지는 아직 삼십 분 정도 남아 있었다. 서둘러 나서라며 등 떠밀던 아내의 채근이 생각나서 짜증이 났다.

홍 언니에게 전화를 넣으려고 휴대전화를 찾아들었을 때, 어둠이 가시지 않은 담장 서쪽 끝에서 인기척이 느껴졌다. 사람인지 동물인지 가늠이 되지 않았다. 시동을 다시 걸어 라이트를 비춰 볼까 하다가 가만히 정면을 주시했다. 사람이었다. 들고 있던 봉지를 뒤적이다 담벼락에서 두어 발걸음 떨어지더니 담장 안으로 훅 무언가를 던졌다. 그리고 두리번두리번 주위를 살폈다. 다시 한번 봉지를 뒤적거렸다. 나는 숨을 죽였다. 그가 고개를 이리저리 돌리던 어느 순간, 빛이 반짝였다. 안경……, 금테였다. 이장이 분명했다. 그가 사라질 때까지 숨을 참으며 운전석 등받이를 뒤로 눕히며 최대한 몸을 파묻었

134 | 장꽃

다. 가슴이 뛰기 시작했다.

솟을대문에 외등이 켜지고 차 안으로 빛이 들었다. 나는 그제야 자세를 고쳐 앉으며 차에서 내렸다. 홍 언니가 먼저 나와서 나를 확인했다.

"하필 날씨가 좋지 않네요. 많이 춥지요? 오늘 좀 부탁할게요. 이 사람이 정신이 없어서, 불안하네요."

"그러게요, 눈 소식이 있던데요. 오늘은 감자도 마저 캐야할 텐데, 괜찮겠어요?"

"할 수 없지요. 일단 얼마 안 남아서 오늘 다 캐 버릴라고요. 사람들 불러 놔서 내가 못 움직일 것 같아요. 모처럼 휴일인데 죄송해요."

나는 괜찮다고 잘 갔다 오겠다고, 걱정 말라고 답했다. 그리고 살짝 담장 안쪽을 살펴보라고 낮게 속삭였다. 그런데 홍 언니의 반응이 의아했다. 다 알고 있다는 듯이 살짝 웃어 보였던 것이다. 작은 소리로 상황을 전달했던 내가 잘못한 것처럼 느껴지려는 그때 그제야 문밖을 나오던 동기 형님이 검은 재킷을 들고 조수석에 올라탔다.

"미안허시, 나 좀 광주에 데려다주소."

하루 사이에 볼이 움푹 팬 것이 그도 잠을 제대로 자지 못한 듯 보였다.

출발하고서 그는 몽강을 넘어 나주를 지나칠 때까지도 아무런 말이 없었다. 나도 조용히 운전만 했다. 눈을 감고 있다가 떠서 서너 번 문 대표에게 전화를 넣었으나, 연결은 되지 않았다. 내가 침묵이 어색해 라디오를 켜자, 그제야 내게 미안하다고 다시 사과를 했다. 그의 사과와 사과 사이의 시간들이 나에게 많은 것을 설명해 주고 있었다. 내게도 그즈음만 되면 떠오르는 기억이 하나 있다. 삼 학년이 되었고, 국사 시간이었다. 머리가 반쯤 벗겨진 국사 선생님이 사일구 항쟁에 대해 한창 열변을 토하고 있는 중이었다. 갑자기 교실 뒷문이 열리고 교련복을 입은 대학생이 숨을 턱까지 차서는 땀을 뻘뻘 흘리며 뛰어 들어왔다. 선생님은 아무렇지도 않게 수업을 계속하면서 나와 대학생을 반복해서 쳐다보았다. 마침 내 옆자리가 비어 있었는데, 거기 앉으라는 신호였다. 그렇게 내 옆에 앉은 대학생이 교련복을 벗어 내 나이키 에나멜 가방에 쑤셔 넣고는, 하필 음악 교과서를 펼쳐 들고 고개를 숙였다. 메케한 최루탄 냄새가 났고, 서둘러 교과서를 비슷하게 바꾸어 줘야 한다는 생각을 했지만 나는 그대로 굳어 칠판만 쳐다보고 말았다. 곧 사복 경찰들이 들이닥쳤다. 경찰들은 너무도 쉽게, 그리고 익숙하게 그 대학생을 단박에 찾아 끌고 나갔다. 나는 음악 교과서 때문이었을 것으로 생각했다. 급우들의 시선이 내게로 쏟아졌다. 하필이면 음악책을 내줬냐며, 타박하는 눈빛들. 여전히 나는 그 눈빛들을 잊을 수가 없었다. 그렇게 동기 형님과 나 사이에 침묵으로 세대가 갈리는 것이었다. 광주에서 동기 형님

136 | 장꽃

의 일이 벌어진 지 칠 년이 지난 후였다.

"손바닥을 뒤집는 것처럼 쉬이 세상을 뒤집을 수는 있어도, 손바닥으로 가릴 수 없는 것들이 있지. 아니 그런가."

문 대표가 이상해진 것은 서울로 대학에 입학하자마자 운동권으로 빠져 감옥에 다녀온 이후라고 했다. 몇 번을 경찰서에 가서 문 대표를 꺼내 온 것은 바로 그였다고. 문 대표는 서울에서 대학을 마치지 못하고 이곳으로 귀향했으나 이곳에서도 진득하게 지내지 못했다고 했다.

"병수는 개를 엄청 좋아했어, 해피라고 자기 집 진돗개를 품고 살았지. 그런데, 어느 날 해피가 죽었다는 거야. 그래서 병수한테 물었더니 심드렁하더라고. 해피가……."

그 말을 들을 때까지는 동기 형님도 역시 마을 개들이 죽인 이를 문 대표로 확신하고 있었던 모양이라고 나는 생각했다. 그런데,

"이장님……, 자네는 못 본 척 모른 척하시게. 그 형님 맘도 나는 이해하네. 그 집도 이제야 정리가 될 모양이고만. 현석이가 돌아왔으니."

하마터면 브레이크 페달에 힘을 줄 뻔했다. 함박눈이 내리기 시작했다. 차창에 떨어진 눈이 녹으며 물방울이 맺혔다. 한 해의 첫눈이 이렇게나 많이, 그리고 다소곳이 내리는 것을 나는 지금껏 본 적이 없었다.

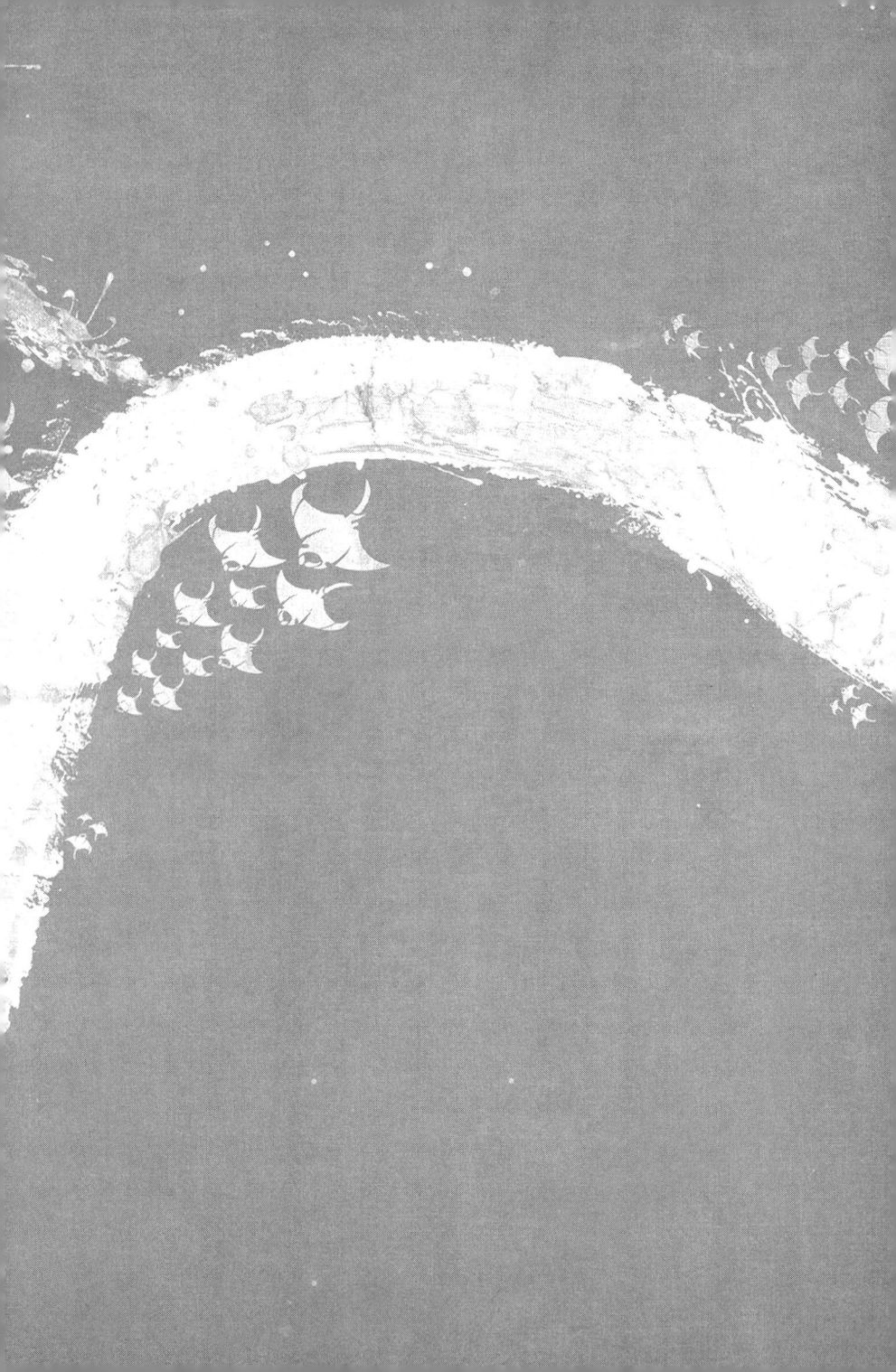

몽강(夢江__Dreams River)

하나

　목이 뻣뻣하게 굳어 있었다. 45도로, 삐딱하게 고정돼 버린 고개 그대로 나는 거울 앞에 섰다. 잔뜩 주름 잡힌 미간에 치켜 올라간 눈꼬리는 영락없이 범죄 스릴러 영화 속 사이코패스처럼 보였다. 가만히 눈을 감았다가 칩떠보았다. 눈꺼풀이 열리는 순간을 놓치지 않고 오른쪽 입꼬리가 팽팽하게 긴장하기 시작했다. 나는 냉동실에서 얼음주머니를 꺼내 목덜미에 얹으며, 조심스럽게 거실 벽에 걸린 전자시계를 치어다보았다. **02. 27. THU. 20:00.** 그러니까 내리 삼 일을 침대에 누워 끙끙 앓은 셈이었다. 다시 침실로, 걸음을 슬슬 옮겼다. 잠시라도 허술했다간 찌릿한 통증이 두피를 확 잡아당기리라는 걸 몸이 먼저 알고 있었다.

이부자리가 제 방향을 잃고 침대 한 귀퉁이에 말려 있는 양이, 꿈속을 헤집고 다니던 시간을 그대로 보여 주고 있었다. 간밤에는 더했으리라. 나는 침대 끝에 걸려 간신히 몸을 버티고 있는 휴대전화를 주워 들고는 전원 버튼을 꾸욱, 눌렀다. 곧 창이 밝아지더니 한쪽 귀퉁이에서 건전지 표시가 깜박거렸다. 충전이 필요할 때였다. 나는 침대 사이드 테이블에 올려 두었던 무선 충전 패드를 찾다가 말고, 전화기를 그냥 침대 위로 던져 버렸다. 오래지 않아 묵은 문자 메시지들이 줄기차게 들어오기 시작했다.

누나에게서만 열 통이 넘는 메시지가 들어와 있었다. 짐작컨대, 분명 조카 녀석일 게 뻔했다. 지난주 녀석은 박물관에 데리고 가 줄 상대로 날 지목했다. 제 아빠와 엄마가 바쁘다는 핑계로 녀석이 쏜 화살을 나에게로 떠넘겼을 테고, 나는 거기에 정통으로 맞은 것이었다. 일주일 내내 나와는 연락이 안 닿았으니, 아마도 지금쯤이면 녀석의 속이 시꺼멓게 타고도 남았을 거였다. 나는 얼음주머니를 내려놓으며 고개를 위아래로 살짝 움직여 보았다. 삐딱했던 고개가 천천히 제자리를 찾았다. 여전히 통증은 어깨에서부터 정수리 쪽으로 이어졌지만, 이만하면 많이 좋아진 것 같았다. 나는 방바닥에 나뒹굴고 있던 생수병을 집어 들고는, 누나에게 전화를 걸었다. 어차피 녀석의 고집을 못 이길 거면 기분 좋게 들어주자는 심산(心算)이

몽강(夢江_Dreams River) | **141**

었다.

"작은어머님⋯⋯."

무슨 소리야? 작은어머님이라니! 생각지도 못한 단어가 귓속을 파고들었다. 순간 까끌까끌하던 눈자위로 뜨거운 무언가가 확, 휘몰아쳐 들었다. 손끝이 떨리기 시작했다. 나는 허리를 꺾으며 입안에 머금고 있던 물을 바닥에 쏟아 내 버렸다. 엄지발가락 끝에서부터 차가운 기운이 스미어들었다. 누나가 다음 할 말을 고르고 있는, 그 잠깐 사이 내 유년의 기억들이 화르르르 무너져 내렸다.

"너 모르지? 어디에 사시는지. 미안하구나. 진작 말했어야 하는 건데⋯⋯, 지금이라도 집에 좀 다녀가면 안 되겠니?"

알았다고, 내일 일찍 들르겠다고, 미처 말이 끝나기도 전에 휴대전화의 전원이 꺼졌다. 나는 꺼져 버린 휴대전화를 한참을 만지작거리다 침대에 그대로 내려 두고 베란다로 나갔다. 살짝 열어 둔 창문 틈으로 바람이 무디게 새어 들었다. 발을 뗄 때마다 목덜미가 찌릿찌릿했다. 나는 체스판처럼 흰색과 검은색 타일이 교차로 배열된 베란다 바닥에 쪼그려 앉으며, 통창에 낀 성에를 쓰윽 닦아 냈다. 부슬부슬 안개비가 나리고 있었다. 빈 놀이터를 비추던 가로등 불빛이 필름처럼 흑백의 잔상을 남기며 깜박였다. 누나가 나 모르게 지금껏 작은어머니와 연락이 닿아 있었다는 것보다, 그래, 어쩌면 그것보다, 가슴 한쪽에서 꾹꾹 눌러 가두어 놓았던, 그간의 침묵과 외면에 대한 부끄러움이 한꺼번에 솟구쳐 올라 흥분이 쉬이 가시지 않는 것이었다. 손아귀에 힘을 줘 목덜미를 꼬옥 움켜쥐었다가 가볍게 풀어 놓았다. 사실 목덜미가 뻐근한 것은 이번 여행으로 피로한 기운 때문만은 아니었다. 나는 언제, 어디서라도 그 처음 순간만은 또렷하게 기억해 낼 수 있었다.

내 나이 일곱 살, 깃 없는 하얀색 남방과 회색 체크무늬 반바지가 멜빵으로 나의 몸을 조이고 있었다. 덜컹거리며 달리던 버스에서 내려서, 폭염 끝에 찾아온 거친 장마 속을 아버지 따라 반나절이나 걸어 도착한 곳은 내가 지금껏 살던 비뚤어진 마당, 단층의 양옥집과는 절대로 비교해서는 안 되는, 그런 집이었다. 흑록헌(黑鹿軒), 사슴의 집, 마을 사람들은 그 집을 그렇게 불렀다. 종종 숫자가 달린 번지 주소 대신 '몽강 흑록헌' 또는 '내동리 사슴의 집'만 적힌 소포나 우편물도 단번에 찾아들었다. 너른 마당과 대문 옆, 적당한 간격으로 낮게 자리 잡은 함박꽃나무들. 댓돌 주변에서 번져 나가는 듯한 채송화들. 그리고 검은 기와를 이고 있던 높은 돌담. 아직 어린, 나의 시야로는 도저히 감당할 수 없었던, 일자로 길게 뻗어 끝에 누마루를 뺀, 여섯 칸 한옥의 풍채는 나를 빗속에서 꼼짝 못 하게 만들었다. 얼마를 그렇게 서 있었을까. 아버지는 가만히 마디 두꺼운 손가락을 풀며 내 손을 내려놓았다. 그제야 나는 집에서 시선을 떼어 아버지를 쳐다보았다. 아버지의 눈동자가 가볍게 흔들리고 있었다. 그때까지 거리를 두고 조용히 뒤따

몽강(夢江_Dreams River) | **143**

르던 엄마는 어느새 내 옆에 바싹 붙어 어깨 위에 손을 올렸다. 엄마의 하얀 손이 가늘게 떨기 시작했다. 그렇게 아버지를 따라 집 안으로 드는 동안에도 처마를 받치고 있는 함석 물받이는 연신 빗물에 헉헉대고 있었다. 그 흑록헌 솟을대문을 들어서는 순간부터 계속 나는, 가느다란 목뒤로 간격을 두고 찌릿찌릿 전해져 오는 통증을 하나, 둘, 셋……, 세고 있었다.

흑록헌이라는 이름은 원래 바로 이 안채에 붙은 이름이었는데, 드나들던 사람들이 집 안 전체 영역을 아울러 부르다가 그대로 굳어져 버렸다. 그러자 할아버지가 안채의 현판을 떼어 아예 솟을대문에 옮겨 달았다고 했다. 향춘당(香春堂)과 죽성재(竹聲齋). 모두 흑록헌의 별채로 있던 건물에 붙은 이름이었다. 흑록헌 뒤꼍을 지나 장독대 옆으로 난 계단을 타고 오르면 굴뚝과 흙담이 막아서는데, 다시 기왓장을 점점이 박아 넣은 흙담을 따라 오른쪽으로 돌면 일자형의 향춘당이, 왼쪽으로 돌면 누마루가 달린, 'ㄱ' 자형의 죽성재가 있었다. 향춘당과 죽성재 사이에는 담장 대신 함박꽃나무, 백일홍, 한 그루의 석류나무와 모란, 앉기 좋게 평평한 호박돌 그리고 우물이 있었다. 경계를 지어 분리된 것처럼 보였지만, 두 건물이 마주 보고 한 마당을 쓰고 있다고 해야 더 옳았다. 그러니까 향춘당과 죽성재는 한 울타리 안에 있는 셈이었다. 죽성재 누마루에서 바라보이는 몽강 위 노을빛은 삽시간에 사람의 정신을 혼미하게 만들곤 했다. 두 건물의 뒤쪽은 넓은 조릿대밭이었다. 밤중엔 지붕 위에서 저들끼리 몸을 비비며 내는 소리가 가끔 음산하게 들리기도 했다. 언젠가 할머니는 어린 나에게 대밭에 호랑이가 새끼 낳고 사니까 들어가지 말라고 어흥, 소리까지 내가며 나의 호기심을 단속했다. 가서는 안 될 곳이 대밭뿐만은 아니었다. 향춘당과 죽성재 또한 허락을 구하고 승낙이 떨어져야 장평 아주머니와 함께 갈 수 있는 곳이었다.

할머니는 돌아가시기 전까지도 이왕가의 품위를 지켜야 한다고 눈짓 하나, 발걸음 하나까지도 조심하셨다. 벌써 사십여 년이 지났어도 그때의 흑록헌을 생각하면 생전 할머니가 입버릇으로 하던 말들은 모두 사실일 것이었다. 멀지 않은 윗대에 남도 끝의 궁토와 염전을 들고 시집온 왕가의 옹주가 있었던 모양이었다. 사십 제위 앞에 아직은 어린, 첩의 소생을 제주로 세우면서 빼놓지 않은 이야기가 바로 그거였다.

초당(草堂)이었던 향춘당이 새마을 운동을 거치면서 허망하게 허물어져 버린 대신 본채와 죽성재는 고스란히 남아 있을 수 있었다. 향춘당은 본채 흑록헌과 죽성재를 보존하기 위한 대가였던 셈이었다. 그러나 죽성재도 어머니가 떠나고 난 후로 점점 사람의 온기와 손때가 사라지자, 십 년도 채 버티지 못하고 지붕 한쪽이 주저앉아 버렸고, 언젠가 서울에서 인테리어 한다는 사람들이 와서 집값을 후하게 치고는 낱낱이 뜯어내 방구들에 주춧돌까지 수거해 갔다. 죽성재가 아직 남아 있었더라면 지금은 지방 사적 어디쯤 보존하여 전승해야

몽강(夢江_Dreams River) | 145

할 고택으로 그 이름이 올라 있을지도 모를 일이었다. 그나마 남아 있는 것은 철마다 하얀 함박꽃을 피워 내 보이는 정원과 이끼로 뒤덮인 우물이었다. 아직도 달달한 물맛을 간직한 채로 솟아올라서 마을에 행사가 있을 때나 어느 집 제사가 있을 때는 꼭 여기서 물을 길어다 썼다. 여름밤이면 더위에 지친 마을 어른들이 우물에서 등물을 끼얹기도 했다.

쾅, 쾅, 쾅.

누군가 현관문을 두들겼다. 나는 잠금장치를 풀어 내고 문을 열었다. 민 대표가 종이 백을 들이밀며 나를 지나쳐 안으로 들어섰다.

"벨을 얼마나 눌렀는지 아니? 너 귀가 먹었니? 전화도 안 받고 말이지. 문 두드리는 소리에 옆집에서도 나와 보더라."

민 대표는 대학 일 년 선배였는데, 허풍끼 도는, 그래서 실없어 보이는 인상이긴 해도 나한텐 가장 가까운 사람이자 삼십 년 지기 친구였다. 강까지 그렇게 일이 년 터울로, 한때 우리는 같이 학교에 다녔고, 같이 밥을 먹고, 같이 잠을 잤다. 예비군 훈련도 같이 다녀왔다. 그 시절을 정산해 보면 우리가 떨어져 있던 시간보다 붙어 있던 시간이 더 많았을 것이었다. 민 대표는 소파에 털썩, 앉자마자 양말부터 벗어 던졌다. 오늘 밤에는 여기서 자고 가겠다는 뜻이었다. 나는 냉장고에서 물병을 꺼내어 물을 컵에 따라 민 대표에게 건넸다.

"야, 제발 그만 좀 돌아다녀라. 반백을 넘겼어도 정신을 못 차리니. 횡하니 사라졌다, 슬그머니 나타나고……. 역마살은 누구도 못 막는다더니 너를 두고 하는 말인지 싶다. 글고, 주변 사람들 좀 깨끗하게 단속하고 다니고. 저번에 누구냐, 그래 해경인가 혜경인가 하는 애가 빚쟁이처럼 쫓아다니면서 날 볶는다, 볶아. 너 찾아 달라고. 혹시……, 아니지? 진짜 돈 빌린 건 아니지? 설마, 아흔아홉 칸 만석꾼 종손께서 그럴 리가……."

나는 민 대표가 단숨에 비운 컵을 받아 싱크대에 내려놓았다. 민 대표는 팬티 차림으로 욕실로 들어서며 잔소리를 이었다.

"강이 너 보고 발 없는 것 같다더라. 땅을 딛지 않고 둥둥 떠다니는 것 같다나? 그 빙충맞을 자식 말에 전부 다 동의하는 것은 아니지만 너 그렇게 대중없이 훌쩍 떠나고 그러는 거 위태롭게 보이긴 해. 윤이, 때문은 아니지? 아직도 찾아댕기나? 벌써 이십 년도 더 되었잖니."

욕실 문을 닫고도 뭐라고 더 말했지만, 낙수 소리에 알아들을 수는 없었다. 익히 들어왔던 잔소리라 다른 쪽 귀로 흘려버리면 그만이었다. 그러나 강의 이야기도, 민 대표의 이야기도 부정할 수 없는 사실이고 보면 나는 지금 심히 위태로운 거였다. 아니, 적어도 민 대표와 강의 눈에는 지금뿐만이 아니라 '늘' 위태로웠을 것이었다. 민 대표의 표현으로 아흔아홉 칸 흑록헌 ― 사실 흑록헌, 향춘당, 죽성재, 행랑과 곳간까지를 모두 합하면 80칸이 되었다. ― 그곳을 떠나 대학에 들어가고

몽강(夢江_Dreams River) | **147**

나서 군대 삼 년, 그리고 윤과 지낸 몇몇 년을 빼고는 줄기차게 여기저기 떠돌아다녔다. 처음에는 되도록 흑록헌에서 멀어지고 싶었을 뿐이었다. 나중에는 윤을 찾아다니기도 했고, 흑록헌에 오기 전 생모와의 시간을 더듬어 가기도 했다. 끊임없이 길 위를 헤매고 다니는 일은 나에게 짧은 위안과 주체할 수 없었던 조바심을 함께 가져다주었다.

욕실 앞에서 민 대표가 몸을 닦던 수건을 바닥에 툭 떨어뜨려 발을 비비고는 팬티를 꿰찼다.

"알아서 주무셔요. 나는 먼저 잡니다!"

이어질 민 대표의 잔소리가 듣기 싫어 나는 한 발 먼저 침실로 들어가 침대에 누워 버렸다. 현관 앞에 놓아두었던 종이 백을 들고 침실로 들어온 민 대표는 그것을 침대 옆에 내려놓으며 내게 묻지도 않고, 수면 등을 꺼 버렸다.

"어우, 이놈의 살, 존나게 이리 뛰고 저리 뛰어도 빠지질 않네. 야! 그쪽으로 더 붙어! 여기 좁다. 더! 그리고 이거, 흑록헌! 이번 기획 자료 파일들하고 사진 자료니까 낼 확인하고, 니가 맡아! 우리 점방 특별 임시 채용이니까 안 하겠단 소릴랑 하지 말고. 사찰단 최종 프레젠테이션까지. 이번 일 잘하면 자리 하나 내줄게. 알았냐? 또 대답을 안 하네? 흑록헌은 나한테도 도박이야. 잘하자!"

민 대표가 뒤척일 때마다 침대가 출렁거렸다. 아닌 게 아니라 민 대표는 날로 비대해지고 있었다. 십중팔구 그의 대학 시

148 | 장꽃

절의 모습을 아는 이들은 한 번쯤 눈을 비비고 볼 것이었다.

언젠가 큰어머니께서도 한번, 민 대표를 본 적이 있었다. 내 기억이 맞다면 아마, 민 대표가 사제가 되기 위해 신학교로 편입학한 직후였을 것이다. 원래 털털하고 뭘 벌려 놓기 좋아하는 성격을 감안해 보면, 신학교의 엄격하게 짜인 시간들에 잘 버틸 수 있을지 의문이 들었으나, 누구에게나 반전이 있다는 것을 가르쳐 주기라도 하듯 민 대표는 누구보다 모범적인 예비 사제의 생활을 이어 가고 있었다. 그래서 월에 한 번 주어졌던 바깥 외출은 민 대표에게 정말 꿀 같은 시간이었다. 민 대표는 그 꿀 같은 반나절의 시간을 내 원룸에서 보내곤 했는데, 다른 누구의 간섭도, 최소한의 규칙이나 규율도 없는, 그야말로 다시 오지 못할, 해방 천국이었을 터였다. 세 번째 외출을 나온 그날 나는 별을 보겠다고 지리산 뱀사골에 가 있었다. 얼씨구나, 민 대표는 원룸을 온전히 차지했다. 그런데 하필 큰어머니가 거길 다녀가셨던 모양이었다. 민 대표는 팬티 차림으로 큰어머니를 뵈었다고 했다. 그때 방 안은 난장판이었다고, 와인병과 라면 냄비는 그대로였다고, 고개를 설레설레 흔들며 악몽 같았다던 그 순간을 오래도록 내 앞에서 풀어 놓곤 했다. 큰어머니는 민 대표를 두고 기생 큰오라비라고 불렀다. 기생오라비면 오라비지 큰오라비가 뭐냐고 물었더니 큰어머니는, 장딴지가 튼튼한 게 어느 집 대들보로나 썼으면 해서 그런다고 답했다. 아닌 게 아니라 민 대표는 신학교에 입학하면서부터 운동으로 몸만들기에 열중해 있었다. 나날이 벌크업되는 팔뚝과 종아리가 부담스러울 정도였다. 그래서 나는 요즘도 그를 장딴지라고 부르곤 했다. 그때 근육은 이제 다 풀려 버렸지만.

이내 민 대표가 코를 골기 시작했다. 나는 조심스레 침대에서 벗어나 민 대표가 가져온 종이 백을 들고 방을 나갔다. 백 안에는 시디 하나와 기획서가 들어 있었다. 나는 기획서를 꺼내 들었다. 〈스페이스 D 1825 프로젝트 기획안〉. 1825는 흑록헌이 지어진 해였다. 대청마루에서 고개를 젖혀 상량을 쳐다보면 "을유년 구월 십삼 일"이라는 글자가 선명했다. '지금 진행되는 일을 확장할 수 있을 거라고, 준비해' 달라고, 민 대표가 처음 연락을 해 온 지, 벌써 육 개월은 지났다. 듣고 그냥 흘려들었던 탓에, 그리고 실현 가능성이 희박해 보였던 탓에 그동안 나는 까맣게 잊고 있었다.

민 대표가 결국엔 일을 저지른 것이었다.

둘

바람이 불긴 했지만, 볕이 한결 가벼워 보였다. 이만하면 추위가 조금은 풀린 셈이었다. 며칠 전 여행 중 만났던 눈보라가 아득해졌다. 여행에서 돌아온 후 며칠 끙끙 앓다, 몸을 겨우 일으켜 나오면서 챙겨 먹었던 몸살 약이 목젖을 계속 건드렸다. 생선 비린내가 입안에 감돌았다. 엘리베이터를 타고 1층으로 내려오는 동안 나는 오른손으로 입을 가리고 벽에 머리를 기대었다. 눈을 감고 차가운 공기를 생각했다. 생각했던 것처럼 바깥 공기도 그리 도움이 되지는 못했다. 이제는 생선 비린내에 아카시아 벌꿀이 버무려진 것 같았다. 혀 밑으로 침이 계속 고여 들었다. 숨을 한번 깊게 쉬고 차에 올라 시동을 걸었다.

조카 녀석은 차에 탄 지 오 분도 안 되어 잠이 들어 버렸다. 누나는 조카의 이런 버릇을 두고 매일 걱정을 했다. 차만 타면 스르륵 고개를 떨구는 녀석의 버릇이 요즘 들어 점점 심해진다는 것이었다. 내년에 중학교에 가게 되면 열 정거장 정도는 버스를 타야 할 터인데 그러다 내려야 할 곳을 놓치고 종점까지 가 버리면 어쩌나 하는 생각이 은근히 드는 모양이었다. 그래서 나는 누나에게 간단한 방법 한 가지를 일러 주었다. 그것은 좌석에 못 앉게 하는 것, 목적지까지 서서 가게 하는 것이었다. 누나가 호들갑을 떨며 전화를 한 것은 방법을 일러 준 다음 날 아침이었다. 내가 그것을 벌써 실험해 봤냐며, 성격도 급하다고 핀잔을 줬더니, 누나는 너도 결혼해서 애 낳아 보라며 평소와는 다르게 고맙다는 인사도 챙기지 않고 전화를 끊어 버렸다. 고개가 꺾여 건들거리는 녀석의 머리를 바르게 세워 주면서 나는 이마에 난 상처를 한번 쓸어 주었다. 처음에는

몽강(夢江_Dreams River) | 151

아주 작아 보이던 것이 해가 갈수록 점점 크게 보였다. 녀석이 네 살 나던 해에 내가 목말을 태우다 문설주에 찍혀 난 상처였다. 상처는 쉽게 아물었어도 녀석에게 빚을 진 기분은 시간이 흐를수록 이자가 불어나듯 했다. 그렇게 생각해 보면, 녀석에게만 빚이 있는 것은 아니었다.

녀석과의 약속은 오히려 유예의 시간으로 다가왔다. 윤을 보겠다고 여행을 떠나던 날, 매정하게 끊지 못하고, 칭얼칭얼 졸라 대는 꼴이 귀여워 쉽게 약속을 해 버렸던 게 여전히 스스로 못마땅하고 성가셨지만, 그래도 누나와 얼굴을 마주하고 있는 것보다는 나았다. 정작 작은어머니 문제에 있어서 나보다 더 자유롭지 못하던 누나의 모습 또한 내게는 빚으로 남아 있었다. 녀석과의 약속을 지킨다는 것은 누나를 피할 수 있는, 잠시라도 그것을 잊을 수 있는 지극히 자연스러운 핑계가 되어 버린 셈이었다. 역시, 빚을 빚으로 모면하는, 심리적 채무 관계들……. 누나는 작은어머니를 찾아가 보라고 말은 하지 않았다. 현관에서 조카를 기다리는 내게 주소가 적힌 쪽지를 슬며시 건네주었다. 어머니가 돌아가셨다는 것은 나에겐 그리 놀랄 만한 일도, 사춘기 소년처럼 흥분할 일도 아니었다. 생모의 빈소에 찾아뵈어야 한다? 굳이 그래야만 한다면 그렇게 해야겠지만, 이미 나는 어머니에게서 너무 멀리 와 있었다.

박물관에 도착하자 어느새 조카 녀석은 만족스러운 표정으로 나를 올려다보고 있었다. 그런 녀석의 표정을 볼 때면 나는 항상 녀석이 부러웠다. 녀석이 신임하는 것은 제 엄마도, 아빠도 아니고 오직 자신뿐이었다. 아침만 해도 그랬다. 제 엄마의 만류를 교묘하게 피해 가며 결국엔 나를 여기까지 오게 하지 않았는가. 녀석이 녀석 스스로 신뢰하는 것, 그것은 나로서는 죽는 날까지 결코 가질 수 없는 무엇이었다. 갑자기 눈앞으로 칠흑 같은 어둠이 지나갔다. 나는 녀석의 이글거리는 두 눈을 뚫어져라 바라보았다. 녀석의 얼굴 가득 그것으로 넘쳐흘렀다. 살아생전 큰어머니가 어머니 앞에서 보여 주던 눈빛, 콧날 그대로였다.

표를 끊고 박물관 로비에 들어서자 갑자기 뺨에 열이 오르면서 뱃속이 거북해졌다. 먹은 것이 없어서, 그래서 넘어올 것도 없는데⋯⋯. 나는 입을 틀어막고 화장실을 찾아 달리면서 윤을 생각했다. 벗은 윤의 몸은 언제나 노란빛이었다. 모로 누운 윤의 몸은, 머리카락에서 목선을 지나 겨드랑이, 옆구리 그리고 엉덩이 거기서 허벅지와 종아리로 이어지는 선은 그대로 산등성이였다. 이제 막 단풍이 찾아온 노란, 그런 산등성이였다. 반지하방 천장의 동그란 형광등 안쪽에 어정쩡하게 달린 노란색 전구 때문일지도 몰랐다.

한낮에도 햇빛이 잘 들지 않는 반지하방이라는 것이 으레 그렇듯, 텁텁한 습기와 곰팡이 냄새는 천장에 바짝 닿아 있는 작은 창문으로 미약하게 들어오는 햇볕에 노출되어도 당당하게 활동하며 천장 여기저기에 꽃을 피워 놓았다. 그래도 나는

몽강(夢江_Dreams River) | 153

그곳이 싫지 않았지만, 윤은 아니었다. 윤은 하루에도 몇 차례씩 화장수와 향수를 방 안에 뿌려 댔다. 그러나 윤의 화장수나 향수는 그것들을 밖으로 내몰기에는 역부족이었다. 윤은 차츰 그것들을 밖으로 몰아내는 일에 무신경해지더니 결국엔 갈색 장롱 한 짝 속에 가두어 버리고 말았다.

화합하지 못하는 냄새들은 방 안을 분할하여 지배하였다. 출입구 쪽으론 습기가 활발하게 부유하였고, 출입구를 마주보는 벽면에 침대가 놓여 있었는데, 그 침대 위쪽으로 윤의 화장품 냄새가, 침대 밑으로 곰팡이 냄새가 각각의 영역을 확보하고 있었다. 서로 화합하지 못하고 부유하는 곰팡이 냄새와 습기, 화장품이나 향수 냄새 때문에 윤의 몸은 노랗게 변색이 되고 말았다고 나는 단정 지었다. 꼬박 일 년을, 건축전도 팽개치고 반지하 눅눅한 이불 속에서 그녀와 번데기 속의 애벌레처럼 꼼지락, 꼼지락거리며 보냈다. 내가 할 수 있는 것은 오로지 그것뿐이었다.

"삼촌! 왜 그래?"

화장실 변기에 얼굴을 대고 있는 내게 조카는 화장지를 건네며 걱정했다.

"정말 괜찮아? 얼굴이 너무 하얀데!"

"괜찮아! 나가서 조금만 기다려, 삼촌 손만 씻고 갈게."

시큼한 액체가 한두 차례 쓸고 지나간 입안은 익지 않은 연시감을 단감으로 알고 깨물었을 때처럼 떫고 깔깔했다. 그래도 거북했던 뱃속은 한결 좋아진 듯했다.

얼음 공주의 무덤을 그대로 재현해 놓은 제3 관람실은 자못 신비로운 분위기를 자아내고 있었다. 그곳이 이번 전시회의 하이라이트라는 점을 강조하기 위해서인 듯 인테리어부터 조명 그리고 벽면을 차지하고 있는 확대 사진의 톤까지 통일된 분위기로 몰아가고 있었다. 조카 녀석은 관람실 입구에서부터 그 신비스러운 분위기에 압도되어 호기심을 감추지 못하고 있었지만, 애당초 관심을 크게 두지 않고 있던 터에 몸 상태까지 좋지 않은 나에겐 그러한 분위기마저도 그다지 흥미롭지 못했다. 나는 조카의 손을 놓아주며 자유롭게 해 주었다. 녀석은 조심스럽게 얼음 공주의 무덤으로 다가갔다. 얼음 공주의 무덤은 원형으로 한눈에 위쪽에서 내려다볼 수 있도록 관람실 바닥보다 낮게 설치되어 있었다. 무덤의 내부는 반을 나누어 한쪽엔 미라가 된 얼음 공주가 다리를 45도쯤 접고 모로 누워 있었으며, 나머지 한쪽에는 그녀가 썼다는 부장품들이 진열되어 있었는데, 조명이 시간에 맞추어 방향과 빛깔을 다르게 보여 주고 있었다. 이쯤 되자 나도 피곤함을 잊고 어느덧 신비로운 분위기에 젖어 들고 있었다. 무엇보다 시체가 냉동 보존되었다는 것이 마음을 잡아끌었다. 몇 개의 유물 사진 밑으로 짤막한 해설을 붙여 놓은 것이 보기에도 신비스러워 보였다. 복원된 얼음 공주의 생전 모습은 작고 여린 소녀의 모습을 하고

몽강(夢江_Dreams River) | 155

있었다. 나는 제법 공들여 만든, 두툼한 안내 책자를 펼쳐 보 았다.

미라가 발굴된 곳은 러시아 남쪽 동토의 땅, 파지리크라고 했다. 이 지역 사람들은 미라를 알타이족의 시조이자 수호신 인 오키발라 공주로 생각했다. 러시아 고고학계에서도 고깔모 자와 머리 장식으로 미루어 미라의 신분을 샤먼이나 공주 같 은 부족의 지배층으로 발표했다. 그래서 이 미라의 별칭이 얼 음 공주가 된 것이었다. 이곳 사람들은 얼음에 갇힌 공주가 다 녹아 땅 위로 올라올 때까지도 저주를 두려워하며 발굴에 반 대했으나, 공주와 부장품들은 결국 러시아 고고학 연구소로 옮겨졌다. 얼음 공주가 골수염과 유방암을 앓았을 것으로 추 정했고 결정적인 사인을 낙마로 결론지었다. 미라가 떠난 땅 은 울기를 반복하다, 거짓말처럼 진도 7.3의 지진을 맞았다. 사람들은 지진을 알타이 땅의 불운으로 여기고 얼음 공주가 떠났기 때문이라고 단정했다. 그래서 얼음 공주를 돌려 달라 고 러시아 정부에 공식 요청했고, 한국 전시가 끝나면 원래의 자리로 돌아갈 것이라고 설명하고 있었다.

나는 책자에서 곧 시선을 거두고 돌아갈 마음으로 녀석을 찾았다. 녀석은 원형의 무덤을 사이에 두고, 내 정면 쪽에서 몇 명의 관람객들에 끼어 얼음 공주의 시신을 내려다보고 있었다. 자못 진지한 표정으로 얼음 공주를 내려다보는 녀석이 우스워 피식 웃다가 나는, 시선을 얼음 공주라는 미라에게로 가져갔다. 모로 누워 살짝 굽히고 있는 두 다리와 발등, 오른손을 위로하여 배꼽 밑에 가지런히 올려놓은 두 손이 너무나 생생하게 다가왔다. 그러나 무엇보다도 암갈색으로 마른, 죽은 근육의 방향들이 오히려 더 강렬했다. 나는 얼음 공주의 시신을 머리에서부터 훑어보았다. 암갈색으로 바싹 마른 팔에는 땀이 흘렀거나, 털이 나 있었을 구멍들이 오돌토돌 돋아 있었다. 근육과 근육의 경계가 분명하게 드러나 있는 어깨에까지 돋아 있던 그것들을 따라 내 시선도 얼음 공주의 얼굴 쪽으로 옮겨 갔다. 검보랏빛으로 희미하게 그려진 무엇인가를 발견한 곳은 얼음 공주의 어깨, 우리가 어릴 적 뇌염 예방주사를 맞았던 그 자리에서였다. 문신이었다. 나는 게슴츠레 눈을 뜨고 그것을 세심하게 살펴보았다. 몸통보다 큰, 화려하고 비대한 뿔, 위를 향해 튀어 오르는 네 다리의 율동. 사슴 문신. 사, 슴, 문, 신. 나는 눈을 질끈 감았다. 암흑 속에서도 사슴 한 마리가 선명하게 다가오고 있었다. 나는 다시 한번 얼음 공주의 어깨 문신을 쳐다보았다. 아! 짧은 탄성이 내 의식 밖에서 나뒹굴었다.

셋

늘 하던 대로, 코펠과 침낭, 두툼한 옷가지로 배낭을 단단히 꾸리고 털모자와 장갑을 배낭 앞주머니에 챙겨 넣었다. 그리고 신발장에서 등산화를 꺼냈다. 여름 끝자락, 지리산 반야봉을 올랐을 때, 묻었던 흙이 그대로 굳어 덕지덕지 붙어 있었다. 등산화 끈에 물린 풀꽃 하나도 바싹 말라 있었다. 흙들을 대충 털어 내고 꼼꼼하게 액체 구두약을 발랐다.

전화가 유난히 요란스럽게 울린 것은 왼쪽 등산화 끈을 새로 꿰고 난 후였다. 나는 오른쪽 발에 등산화를 신은 채로 조심스럽게 거실을 가로질러 텔레비전 옆에 두었던 무선 전화기를 들었다. 조카 녀석이었다. 알아들을 수 없는 투로 뭐라 횡설수설하더니 제 엄마를 바꿔 주는 양이 뭔가 수상했다.

"으음, 중앙박물관 전시회 좀 갔다 오라고. 알타이문명전이라나, 우리 아들내미가 애가 탄다, 애가 타. 제 아빠도 그렇고 나도 그렇고 시간이 없네. 부탁해. 네가 그냥 삼촌이냐? 양쪽 집 통틀어 하나밖에 없는 삼촌 아니냐."

콧소리를 섞어 가며 하는 말들이 우습기도 하고, 뭐라 길게 이야기할 시간도 없고 해서 나는 그렇게 하겠다고 짧게 대답하고는 전화를 끊었다. 사실 이런저런 누나의 핑계로 조카를 떠안는 일은 매우 피곤한 일이었다. 영악한 녀석의 계략에 당한 게 어디 한두 번이었던가. 그래서 그렇게 하겠다고 답하고 전화를 끊는 순간 아차 싶어, 뭔가 빠뜨린 것처럼 자꾸 뒤통수가 간지러웠다. 남은 구멍에 끈을 마저 끼우고 나자, 윤의 목소리가 귓가에 맴돌았다. 이번엔……, 오래되었지? 어느새 이십 년이 훌쩍 지나 버렸네. 며칠 전에 M시에 갔다가 당신이

158 | 장꽃

설계한 건물을 봤어. 스무 살 당신을 닮았더라. 주위를 계속 돌다가 건너편 버스정류장 벤치에 앉아서 어둑해질 때까지 건물만 쳐다봤지. 보고 싶다, 당신도 이제 중년 아저씨가 다 되었겠네……. 어젯밤, 휴대전화 너머 윤의 목소리는 살살 떨고 있었다. 그녀답지 않게 주저리주저리 나의 근황을 물어 왔다. 끝에, 영산으로 한번 올 수 있겠어? 윤의 말에 갑자기 허기가 돌았다. 몸속 깊은 곳에서 작고 부드러운 무언가가 가볍게 진동하기 시작했다.

영산의 자미산 중턱이라고 했으니 이것으로 윤에게로 달려 갈 준비는 다 된 셈이었다. 나는 배낭과 등산화를 현관 쪽으로 옮겨 놓았다.

무진 터미널에 도착해서 영산 가는 표를 구하고 보니 한 시간이 남아돌았다. 건물 밖으로 나가 간단히 요기라도 할까 하다가 출입문 앞에서 눈발이 거세게 날리는 것을 보고 몸을 돌렸다. 나는 개찰구 앞 간이 의자에 앉아 휴대전화에서 윤의 사진을 찾아 보았다. 윤의 사진이라기보다, 스무 살 윤이 잠깐 활동했던 극단에서 단체로 찍은 사진을 SNS에서 발견하고 저장해 둔 것이었다.

윤을 처음 만난 것은 흑룩헌 인근 마을들을 돌아 읍내를 왕복하는 시외버스 안에서였다.

"근본 없는 짓은 그만해라, 인자는 떠날 생각일랑 말고 여기에 남아 이 집을 지켜야 쓴다."

큰어머니는 문중의 인맥들을 동원하여 나의 병역 의무를 단기 사병, 그것도 육 개월 방위병으로 해결했다. 나는 몰래 현역병 자원 입대서를 작성했다. 그렇게 큰어머니의 반대를 무릅쓰고, 마침내 흑록헌을 떠나는 길이었다. 읍내를 향해 달리는 버스 안에서 윤은 휘청이며 내 자리로 다가왔다. 옆에 앉아도 될까요? 빈자리들을 놔두고 굳이 내 옆에 앉겠다는 윤이 이해할 수는 없었으나 나는 가방을 치워 주었다.

"저 치가 내 허벅지를 만지네요."

나는 그녀가 턱으로 가리키는 곳을 목을 빼 쳐다보았다. 중년 남자 하나가 꾸벅꾸벅 졸고 있었다. 자는 거 아녜요, 그러면서 윤은 점퍼를 벗었다. 그녀의 어깨에서 사슴 문신을 보았을 때, 나는 완전히 그녀의 어깨로 파고 들어가 버렸다. 윤과 나는 세 번을 만났고, 세 번을 헤어졌다. 세 번 모두 떠난 쪽은 윤이었다. 아무 말 없이. 윤은 그렇게 떠났다가 일 년을 못 채우고 돌아와 내 곁에 머물렀고, 일 년을 못 채우고 다시 떠났다. 세 번째로 떠난 것이 서른 살이 되는 겨울이었으니, 이십 년 만에 그렇게 연락이 온 것이었다.

저녁 아홉 시, 마지막 버스라서 그런가. 버스 실내는 깨끗한 외형과는 달리 더러웠다. 거뭇하게 때가 낀 커튼과 히터에 묻어나는 비릿한 냄새가 목젖을 불안하게 만들었다. 들들 떨어

대는 차체와 소음도 만만치 않았다. 나는 손으로 코와 입을 감싸며 버스 맨 뒷좌석까지 깊숙이 눈길을 흘렸다. 희미한 조명등 아래로 제법 손님들이 차 있었다. 나는 배정받은 좌석 번호를 무시하고 맨 앞좌석에 배낭을 풀고 앉았다. 초행길이니만큼 기사 아저씨와 친해 둘 필요가 있다는 계산에서였다. 윤이 영산 버스 터미널까지 배웅 나온다는 것이 그나마 안심이 되었다.

"아, 자미사안. 그럽시다. 그라믄, 이 밤에 혼자 산 탈 것은 아니고, 내일 일찍 오시지 그랬소. 눈발이 심상치 않소만. 영산읍에서는 택시 타고 들어가야 쓸 것인디, 택시가 있을랑가 몰것네요. 인자, 다 와 가요. 그래도 어두워서 못 걸을 것인디. 집은 어디요? 부모님이 이쪽에 사시요?"

막상 말을 걸어 놓고 보니 과묵하게만 보이던 인상과는 달리 기사 아저씨는 주절주절 신상에 관한 것들을 계속해서 물어 왔다. 나는 연이은 질문들에 엉덩이가 불편해졌다. 그래서 하품을 크게 하고는 창 쪽으로 몸을 틀어 버렸다. 이제 길은 조금 전 표지판에서 본 것처럼 영산과 시강으로 갈라지고 조금 지나 다시 나포 방향으로 뻗어 있었다. 차창에 얼굴이 그대로 어리었다. 머리 위에 붙은 독서등 때문이었다. 나는 창에 비친 얼굴을 쳐다보다 하나하나 지우기 시작했다. 먼저 윗입술과 아랫입술, 왼쪽 눈과 오른쪽 눈을 지웠다. 눈썹과 코를 마저 지워 버렸다. 그러고 나자 내 얼굴은 무슨 씨앗 속 같

몽강(夢江_Dreams River) | 161

앉다. 근본 없는 짓은 그만해라, 큰어머니의 목소리가 귓가에 맴돌았다. 나는 머릿속에서 끈질기게 씨앗의 형상을 부여잡고 있었다.

터미널 밖으로 나서자 정작 턱 밑을 파고드는 바람보다 쌩쌩 소리가 더 춥게 느껴졌다. 벌써 열한 시가 가까워지고 있었다. 기사 아저씨 말대로 택시 한 대 보이지 않았다. '영산 터미널에 도착하면 자미산을 바라보고 조금만 걸어 올라와. 내가 마중 나갈게.' 윤이 일러 준 대로라면 이 길이 맞을 터였다. 장승들이 떼로 세워진 로터리를 지나쳐 왔으니…… 귀가 떨어져 나갈 것 같이 아렸다. 나는 배낭을 열고 준비해 왔던 털모자를 꺼내어 썼다. 귀 시린 데는 털모자가 최고였다. 장갑까지 꼭꼭 눌러 끼고 나는 다시 걷기 시작했다. 얼마나 걸었을까. 마중을 나오겠다던 윤은 여전히 보이지 않았다. 샛길을 무시하고 내처 앞으로만 걸었으니 어쩌면 길이 엇갈린 것일지도 모를 일이었다.

등 뒤쪽에서 불빛이 비쳤다. 불빛에 드러난 도로는 인도와 차도가 구분되지 않았다. 점점 눈이 두껍게 쌓이고만 있었다. 나는 잽싸게 뒤를 돌아다보았다. 그리고 두 팔을 들고 마구 흔들었다. 이젠 윤이 아니라도 상관없었다. 몸만 좀 녹일 수 있다면 그것만으로도 만족할 수 있었다. 그러나 차는 속도도 줄이지 않고 내 옆을 그냥 지나쳐 가 버렸다. 사륜구동의 픽업트럭이었다. 나는 욕을 한마디 크게 하고는 침을 퉤! 뱉었다. 어

162 | 장꽃

쩐지 그렇게 하지 않고는 더 걸을 수가 없을 것 같았다. 발가락에 감각이 없어진 지 오래되었다. 나는 잠시 서서 발가락을 움직여 보았다. 그때였다. 방금 지나쳤던 차가 후진으로 와서 섰다. 이내 조수석 창문이 내려갔다. 나는 유리창이 미처 다 내려지기 전에 머리를 차 안으로 밀어 넣으며, 운전석에 애처로운 눈길을 보냈다.

"계속, 그렇게 계실 거예요?"

고음의 맑은 목소리에 나는 움찔하였다. 이 시간에, 이런 한적한 도로에, 트럭에, 여자라는 것은 참으로 나를 당황하게 하고 있었다. 나는 일단 뒷문을 열어 배낭을 싣고 조수석에 올라탔다. 다리 사이로 따뜻한 온기가 훅 끼쳐 올라왔다. 차 안 가득 은은한 냄새가 났다.

"어디까지 가세요?"

"자미산 입구… 사실 잘 모르겠어요. 친구가 마중을 나온다고 했는데, 길이 엇갈렸나 봐요."

고개를 끄덕이는 그녀의 얼굴 윤곽이 희미해 보였다. 나는 추운데 너무 오래 있었다고 생각하며 다시 그녀의 얼굴을 훑어보았다. 왜소한 체구에 맞게 작은 얼굴과 엷은 입술을 가지고 있었다. 어둠 속에서도 피부가 유난히 하얗게 보였다. 나는 모든 것이 어울리지 않다고 생각했다. 그녀와 트럭, 어둠과 하얀 피부, 시간과 목소리……. 갑자기 그녀의 얼굴이 흐려졌다.

"제 얼굴에 뭐가 묻었나요?"

몽강(夢江_Dreams River) | 163

"아, 아녜요. 갑자기 눈이 침침해지네요. 그래서……."

"함박꽃 향기 때문일 겁니다. 이곳에는 없는."

"이곳에는 없다니요?"

"여기에서 자라는 거하곤 달라요. 몽골 초원에서 자라는 거죠. 천녀화라고 들어 보셨어요? 하늘 천, 계집 녀, 꽃 화."

따뜻한 온기에 졸음이 쏟아졌다. 잠을 쫓으려고 차창을 조금 열었다가 닫았지만, 나는 이내 잠이 들어 버리고 말았다.

무엇인가 차가운 기운이 볼을 쓸고 지나가는 것에 눈을 떴다. 주홍색 천장이 눈 속으로 확 빨려 들어와 잠시 머리를 어지럽게 만들었지만, 나는 이불을 제치며 딱딱한 나무 침대에서 내려섰다. 방금 빠져나온 이부자리가 땀으로 축축하게 젖어 있었다. 나무 바닥에 침대 그리고 욕조. 20평 남짓한 실내 가득히, 조도 낮은 스탠드 불빛으로 가득 차 있었다. 나는 창문 쪽으로 시선을 옮겼다. 벽면 전체가 유리창이었다. 바람에 미색 커튼의 주름이 살짝살짝 움직일 때마다 밖의 어둠이 비치어 들었다. 나의 눈에는 모든 것이 물속에 잠겨 있는 듯 고요하고 평온해 보였다.

"제 집이에요, 미안해요. 자미산 입구를 그냥 지나쳤어요. 식은땀도 흘리고 몹시 아파 보이길래, 그냥 이곳으로 데리고 왔어요. 보기보단 당신 꽤나 무겁던데요?"

나는 소리 나는 쪽으로 몸을 돌렸다. 등 뒤에서 그녀가 살짝 미소를 지으며 서 있었다. 그제야 그녀의 차 안에서 그냥 잠들어 버렸던 것이 무겁게 떠올랐다.

"갑자기 체중이 많이 불었어요. 그런데 지금 몇 시쯤 됐어요? 제 시계가 고장인가 봐요. 자정에서 움직일 줄 모르는군요."

손목시계의 이탤릭 숫자들이 희미해졌다.

"곧 날이 샐 거예요. 그렇게 서 있지 말고 거기 앉아요."

"나도 모르게 깊은 잠을 잔 것 같네요. 머리가 조금 어지럽긴 하지만……. 정말 오랜만이에요. 이렇게 깊은 잠은."

그녀는 어디선가 주전자를 들고 와서는 내 옆에 앉았다. 그러고 보니 실내 중앙에 정사각형의 화로가 있는 것이 보였다. 살빛 찻잔에서 김이 오르고 있었다. 나는 나도 모르게 코를 가져다 댔다. 향기가 몸속으로 은근하게 퍼졌다. 꼭 순환하는 핏줄을 타고 전신을 한 바퀴 휘감는 듯했다. 그녀가 차를 우려 따르는 동안 나는 아무 말도 하지 않았다. 대신 끈질기게 향기의 끝을 쫓고 있었다.

"무슨 생각을 그렇게 하세요?"

나는 책상다리로 고쳐 앉으며 그녀가 내미는 잔을 받아 들었다.

"어머니요. 모르겠어요. 아마도…… 열 살 때까지는 같이 살았는데, 어머니에 대한 기억이 없군요. 다른 것은 사소한 것까지 다 기억이 나는데, 어머니에 대한 기억은 아편으로 노래진 얼굴과 옷자락이 전부예요. 옷자락……. 그런데 차 향기가

몽강(夢江_Dreams River) | 165

낯설지가 않더군요. 어제 차 안에서부터 줄곧 생각해 보니 내 어머니에게서도 맡았던 것 같아서요. 천녀화라고 했던가요?"

"잊지 말아야 할 것을 잊으셨네요. 그래도 다행이군요. 쉽지 않았을 텐데, 차향을 기억해 내는 걸 보면……. 산목련나무를 그렇게 불러요, 천녀화. 이 차는 꽃이 아니라 뿌릴 말려서 우린 거고요. 천녀는 직녀성을 가리키는 말인 거 알아요?"

직녀성……. 그녀의 목소리가 귓속에서 웅웅 울렸다. 나는 방 안을 다시 빙 둘러보았다. 여전히 커튼은 그 만큼씩 어둠을 들이고, 나무 침대에 내 그림자가 편안히 기대어 있었다. 생경하지만 평온함……, 평온하지만 생경함. 나는 꼭 꿈속을 헤매고 있는 것만 같았다. 그녀가 창밖을 내다보며 말을 이었다.

"저기 저 무덤……."

나는 툭, 공을 던지듯 창밖으로 시선을 옮겼다. 봉긋하게 솟아오른 무덤이 희미하게 눈에 들어왔다. 나는 다시 그녀의 얼굴을 쳐다보았다. 그녀의 눈 밑으로 차 향기가 살포시 내려앉아 감돌았다. 찻잔에서 떨어지는 입술이 붉게 도드라졌다.

"천상의 어머니세요. 지금은 차가운 얼음 속에 갇혀 모든 근육이 굳어 계시지만 세상의 시작과 끝을 가지고 계신 분이죠. 저편에서 산 자와 죽은 자의 넋을 관장하시는 분이랍니다. 저도 그분에게서 왔는걸요. 저는 그분의 우바이고요. 여기 사람들은 저를 보고 무당이라고 하죠. 매일 함박꽃 가지를 태워 어머니를 만나요. 그리고 매일, 어머니께서 하시는 말씀에 귀 기울여요. 어머니와 저는 세상 모든 지식과 경험을 공유하지요."

우바이? 우바이라니, 나는 지금 어디에 와 있는 것일까. 도무지 알아들을 수 없는 그녀의 말들에 신경이 곤두섰다. 나는 천천히 주위를 훑어보았다. 미색 벽면, 차분한, 살살 날아갈 듯한 커튼, 바람에, 바닥, 침대, 나무, 천장, 욕조에서 김이 오르고 있었다. 모두 눈을 떴을 때 보았던 그대로였다. 우바이? 나는 알 수 없다는 표정으로 그녀를 바라보았다.

"네, 우바이요. 전 태어나기도 전부터 어머니의 시녀로 낙점 되었지요. 언젠가, 한번, 여기서 도망친 적이 있었죠. 함박꽃 타는 제단 냄새가 지긋지긋했거든요. 여기의 모든 것들이 못 견디게 싫었어요. 그래서 어머니께서 스스로 얼음 속으로 가신 날 저도 미련 없이 떠났죠. 이곳이 아니라면 어디든 좋았답니다. 그래서 도망쳤지요, 살기 위해 도망쳐야 했어요. 되도록 멀리, 멀리, 온통 그 생각으로 칠 일 밤낮을 쉬지 않고 걸었죠. 그러고는 기억에 없어요. 탈진해서 쓰러졌었나 봐요. 눈을 떠 보니 조그만 마을이었어요. 그곳 촌장의 도움으로 나물 키우는 일을 하며 마을에 남을 수 있게 되었고, 그곳에서 한 남자를 알게 됐답니다. 대장장이였는데 참 착한 사람이었어요. 그 사람, 지금도 잊을 수 없어요, 그의 선한 눈빛과 사랑스러운 얼굴. 그의 아이도 가졌던 걸요. 우린 참 행복했었는데…….
그런데 아이를 낳고 탯줄을 끊는 순간, 이 차향이 끈질기게 따라와서는 손발을 묶고 혀를 마비시키는 거예요. 그 후로 오래

몽강(夢江_Dreams River) | 167

지 않아 남자의 손가락들이 달군 쇳덩어리에 눌려 잘려 나가
고 아이도……, 그래서 다시 돌아왔죠. 딸아이였는데, 죽었어
요……. 아니, 사는 곳이 다르다고 해 둡시다. 내 아인 저기,
난 여기. 그 선을 넘기가 힘이 드네요. 후후. 그리고 보면 삶이
든 죽음이든 스스로 받아들이는 순간 시작되는 거 같아요. 지
금도 내가 어디로 가는지는 알 수 없지만……, 나약함은 부당
함을 낳고, 부당함은 잔인함을 낳죠. 전 눈 감고, 귀 막고, 입
을 닫았어요. 무관심을 선택한 거예요. 그런데 그때요, 죽어도
싫은 이곳으로 다시 돌아오겠다고 맘먹은 그때, 내 속에 있던
것이 과연 무엇이었을까요?"

다시 입속에서 단어들이 꼬여 들기 시작했다. 나는 고개를
쳐들었다. 천장과 벽이 물 위에 떠 있는 것 같았다. 내 속에 있
었던 것은 과연 무엇이었을까요? 그녀의 말들이 물속에서 둥
둥 떠다녔다. 귀밑으로 식은땀이 한 줄 흘러내렸다. 그리고 헛
구역질이 치밀었다.

"추운데 너무 오래 있었나 봐요. 안색이 몹시 창백하네요."

눈앞이 점점 희미해졌다. 아랫입술이 파르르 떨리기 시작했
다. 나는 '추워요'라는 말만 되풀이했다. 풀리는 눈꺼풀에 힘
을 주려고 노력했지만, 그것은 능력 밖의 일임을 이내 알아차
렸다. 나는 나에게로 뻗은 그녀의 팔에 고개를 기대었다. 순간
그녀의 어깨에 붙은 사슴 한 마리가 눈 속으로 쑤욱 빨려 들
어왔다.

다음 날 아침 나는, 말 한마디 주고받지 못한 채로 그녀와 헤어졌다. 사실 어떻게 잠에서 깨어났는지도 기억에 없었다. 그녀는 없었고, 중앙 화덕 안에서 몇 겹의 재에 쌓여 있는 불씨가 여리게 보였다. 나는 짐을 챙겨 들고 밖으로 나왔다. 길 끝이 안개에 가려 보이지 않았다. 대신 안개를 타고 함박꽃이 활짝 피고, 집 안 가득 그윽한 향기가 차오른 흑록헌이 떠올랐다. 흑록헌으로 돌아가고 싶어졌다.

샛길을 벗어나 대로 버스 정류장에 다다랐을 때야 비로소 화덕 옆에 시계를 놓고 온 것을 알아차렸다. 나는 걸어왔던 길을 돌아보았다. 여전히 길 끝은 안개에 덮여 있었다. 우바이의 집 쪽에서 바람이 불어왔다. 스산하기도 하고, 감미롭기도 한 바람이었다. 나는 고개를 들었다. 그리고 깊게 숨을 들이마셨다. 바람을 타고 온 함박꽃 향기가 안개처럼 코끝에서 터지기 시작했다.

셋의 반

가끔 이불이 흥건하게 젖을 정도로 질긴 꿈을 꾼다. 그 꿈은 매번 동일한 것이어서, 그리고 너무나 또렷한 것이어서 깨고 나면, 짧은 시간이긴 하지만 나에게서 말을 앗아 가 버리기도 한다. 그러고 나면 현재라는 시간 따위는 이미 쓰레기가 되어 버린다. 오늘 같은 날은 여지없다.

나는 수풀이 우거진 길을 계속해서 헤매고 다닌다. 시작도 끝도 없는 바람이 분다. 연신 윤의 이름을 부르다가 가끔 누나를, 아버지를 부르기도 한다. 그러다 내 몸은 피투성이로 변하고 결국 나는 쓰러지고, 죽고, 썩고, 흙이 된다. 나는 내 살이 날아가고 내 뼈가 부서지는 생생한 모습을 지켜보고 서 있다. 나는 소리친다. 아……. 그리고 눈을 뜬다.

침대가 흥건하게 젖어 있다. 나는 멍하니, 살짝 열린 창문 틈을 바라본다. 환하게 빛이 쏟아진다. 나는 몸을 일으킨다. 항상 꿈을 꾸고 나면 바람을 타고 소리가 들린다. 그리고 역시 목덜미가 슬슬 저리기 시작한다.

윤은 없다. 시계를 본다. 벌써 일어날 시각은 아닌데, 그녀는 아직 내 옆에 누워서 자고 있어야 하는데. 갑자기 불안해지기 시작한다.

어머니가 향춘당을 떠나가던 날도 그랬다. 노란 양장 치맛자락이 아직도 생생하다. 그날 나는 어머니가 죽을 자릴 찾아 떠난 것이라고 생각했다. 그런데 지금 어머니의 얼굴이 기억나질 않는다. 아편으로 하얗게 말라 가던 입술이, 그 입술을 무턱대고 들이밀던 그 힘이 지금은 기억나질 않는다. 어머니는 항상 죽음을 달고 다니셨다. 힘이 없는 눈동자, 창백한 낯빛 그리고 마른 가슴. 사람들은 그런 어머닐 두고 '신 내린 여자'라 불렀다. 그러나 나는 어머니가 '신 내린 여자'가 아니었다는 것을 잘 알고 있다. 그것은 아버지의 연막일 뿐이었다.

현관문의 잠금장치가 철컥! 열리고 곧 윤이 들어온다. 그녀는 물 한 컵을 다 비운 후에야 나에게 눈길을 준다. 지금 윤의 눈은 내 얼굴에 흩어진 불안을 보고 있다. 널 만난 지 정확하게 일 년이야, 그리고 내 옆에 와서 앉는다. 달력을 본다. 벌써 이 네 평 반의 반지하방에 숨은 지 일 년을 넘어서고 있다. 나는 나에게서 거두어들이는 윤의 시선을 잡아 본다.

딱 한 번 윤과 극장에 간 적이 있다. 200석이 채 되지도 않는 삼류 극장의 마지막 회는 열대야 현상을 피해 온 사람들로 객석의 절반 이상이 차 있었다. 고전해학극이라던 포스터 카피 문구대로 영화는 남녀 주인공의 코믹한 섹스가 한참이었다. 나는 자세를 고쳐 앉으며 슬쩍 윤을 돌아다보았다. 윤은 그 코믹한 섹스 장면을 보면서 울고 있었다. 그러나 소리를 내거나 슬픈 표정을 짓지는 않았다. 그저 무표정한 얼굴. 흐르는 눈물. 그게 다였다. 언젠가 내가 윤에게 물었다.

"그때 왜 울었니?"

"그 남자, 가슴이 노래서."

그뿐이었다.

윤은 지금 나에게 집으로 돌아가라고 말한다. 그러나 언제나 그렇듯 직접적이진 않다. 네 누나가 다녀갔어, 그뿐이었지만 그녀는 분명 나에게 돌아가라고 말하고 있다. 조용히, 조용히……, 제발 자기를 흔들어 놓지 말라고, 그렇지 않으면 자기가 먼저 떠날 수밖엔 없다고. 마른기침이 몇 차례 이어진다. 나는 천장을 한번 휘 둘러본다. 그녀가 피웠을 담배 연기가 채 빠져나가지 못하고 어정쩡하게 떠 있다. 아직 목에 걸려 있는 기침을 마저 뱉어 내면서 윤을 쳐다본다. 여전히 윤은 미니 마우스가 그려진 노란색 티셔츠를 입고 있다.

윤은 노란색을 무척 좋아했다. 노란색에 무슨 원수진 일 있어? 윤은 그냥 눈만 깜박이다 대답 대신 웃어 버리고 말았다. 그 질문에 대한 대답을 받은 것은 며칠이 지난 후였다. 노란색은 그리움이야, 원초적인 색깔이지. 늦은 점심을 먹으러 들어간 식당에서, 계란말이를 X 표 젓가락질로 집어 들면서 그렇게 말했다. 그러고 보면 윤에겐 원초적인 야성 같은 게 존재했다. 수사자의 노란 갈기 같은 머리카락과 항상 경계를 풀지 않는 눈빛도 그랬고, 난 가족 같은 거 없어! 세상일 처음부터 끝까지 알아서 하는 건 나고 그래서 난 다른 누구보다 내 본능을 더 믿지, 하며 얘기하는 입술도 그랬다. 이상하게도 가끔 드러나는 그런 윤의 모습을 볼 때마다 윤의 어머니는 미국에서 행복하게 살고 있을지가 몹시 궁금해졌다. 원양 어선을 타는 아버지가 일 년 사 개월 만에 영정 사진으로만 달랑 돌아왔을 때, 윤의 어머니는 화장실에서 반나절을 웃었다고 했다. 그리고 보상금을 챙겨 삼 개월 만에 미국으로 떠났다고. 그때가 초등학교 오 학년 때니까, 얼추 강산이 한 번 뒤집어졌을 시간이 흐르는 동안 윤은 혼자 살아온 셈이었다. 개같은 년! 윤의 표현을 빌리자면 윤의 어머니는 개같은 년이었다. 골목 여기저기 엉덩이를 들이대며 수캐들에게 가리지 않고 가랑이를 벌리더니 결국 매끈한 검은 털 사냥개한테 홀려 덥석 새끼부터 배고는 먼 길을 따라나섰다는 것이었다. 3층에 있던 주인 내외가 집 나간 자신의 애완견을 찾으러 왔을 때도 그랬다. 봐라! 며칠 전 집 나간 주인집 발발이랑 그 개같은 년하고 다를 거 없지? 너도 봤잖아. 지난봄에 웬 똥개랑 붙어먹은 거. 후훗! 다리가 짧아 내내 낑낑 용을 쓰더니만. 아마 그 발발이 똥갤 따라간 거 분명해. 후훗. 아무튼, 윤의 어머니, 개같은 년님은 미국에서 잘 살고 있을까나?

이런 생각이 드는 걸 보면 오늘도 윤의 야성이 발하는 날일지도 모른다. 말없이 자릴 털고 일어선 윤이 노란 티셔츠를 벗어 던진다. 브래지어와 흰색 팬티마저 벗어 던진 윤의 몸이 가냘프다. 그래도 삐딱하게 서서 담배를 피워 문 폼은 당당하다 못해 숨을 막히게 한다. 나는 눈을 감았다가 뜨며 천천히 시선을 반쯤 열린 갈색 장롱으로 옮겨 버린다. 똑똑히 봐 두렴. 이 상처는 네 몫으로 간직할게. 어느새 담배를 끼고 있던 손이 배꼽 밑을 비비고 있다. 장롱에서 쉬쉬 향기가 풍겨 나고 있다.

내가 향춘당에서 완벽하게 벗어날 수 있었던 것은 군을 제대하고 나서였다. 큰어머니는 내가 독자라는 것을 내세워 나를 출퇴근 방위병으로 만들었으나, 나는 몰래 현역병으로 자원해 삼 년을 꼬박 복무했다. 제대를 하고 향춘당으로 돌아왔을 때, 큰어머니는 매주 집에 다녀갈 것을 나에게서 다짐을 받고, 떠나 살아도 좋다는 승낙을 했다. 큰어머님이 왜 그렇게 나를 향춘당에 묶어 두려 했는지 지금도 나는 잘 알지 못한다. 누나는 당신께서 향춘당을 떳떳하게 지킬 수 있는 길은 나 때문이어서 그런다고 말하지만, 어찌되었든 윤을 만난 뒤로 나는 그 약속을 지켜 내지 못하고 있다.

너의 욕망을 완벽히 거세시켜 줄게, 혹은 너의 욕망의 바닥을 보여 줄게. 노란색을 좋아하던 윤은 그렇게 나를 유혹했다. 그 말을 들을 때마다 나는 윤의 자궁 속으로 아예 들어가 버리고 싶은 충동이 일었다. 나는 향춘당에서 남몰래 뭉쳐 놓았던 욕망들을 하나씩 꺼내어 윤에게 다 소진시켰다. 내가 나를 확인할 수 있었던 일은 그것뿐이었다.

윤이 묻는다. 내가 너를 왜 만나는 줄 알아? 나는 대답한다. 가슴이 노래서. 윤이 말한다. 더 이상 네 가슴은 노랗지 않아. 윤은 침대에 올라 등을 보이며 눕는다. 기침이 거칠게 쏟아져 나온다. 나는 배를 움켜잡고, 거칠게 모습을 드러낸 기침에 거칠게 어깨를 들썩이며 응수한다. 목에 핏발이 선다. 열이 오르고 있다.

나는 검지손가락으로 그녀의 등골에 길을 낸다. 네 큰어머니가 돌아가셨대, 그녀가 말한다. 누군가 내 목덜미를 망치로 내려찍는다.

넷

나는 외투 주머니 속에서 종이를 꺼내어 편다. 대학 병원 장례식장 지하 3층 제7분향소. 반듯한 누나의 글씨에 애도의 감정이 풍겨 나고 있다. 글자 사이에서 사슴 한 마리가 훌쩍 뛰어 허공으로 달아난다. 나는 재빨리 사슴을 쫓는다. 장애인 주차장, 색 바랜 잔디 위, 목련 마른 가지 사이, 박물관 건물 모퉁이를 돌고, 하늘……. 사슴이 사라진 자리에 햇빛이 부서지고 있다. 모든 풍경이 백지장처럼 하얗게, 점점 하얗게 지워진다. 나는 주저앉는다.

"삼촌! 정말 괜찮아? 얼굴이 아직도 이상해."

옆자리에서 조카 녀석이 내 눈을 빤히 쳐다본다. 꽤나 걱정되는 모양이긴 하다. 아직까지 잠을 자지 않는 걸 보면. 나는 고개를 까닥이며 이마의 상처를 쓸어 준다.

"근데, 삼촌! 지금 어딜 가는 거야? 여긴 집에 가는 길이 아니잖아."

나는 차를 한쪽에 세우고 몸을 틀어 녀석을 똑바로 바라본다. 아직까지 전시회 팸플릿을 돌돌 말아 쥐고 있는 녀석의 손엔 만족감이 배어 있다. 흥분이 지나가고 난 다음의 여유와 평온함. 그런 눈빛으로 녀석이 나를 쳐다본다.

"삼촌이랑 어디 좀 같이 갈래? 싫으면 집에 데려다주고."

녀석은 자못 심각한 표정을 짓더니 같이 가는 건 좋지만, 내

몽강(夢江_Dreams River) | 175

일 학원 가는 날이라 엄마가 허락 안 할 거라고 가볍게 대답하고는 이내 심각한 표정을 거두어 버린다. 나는 힐끗, 눈길을 녀석에게로 주었다가 누나에게 전화를 걸어 녀석에게 건넨다.

"엄마한테, 삼촌이랑 놀러 간다고 말하면 괜찮을 거야. 내일 저녁엔 집에 들어간다고 말하렴."

녀석은 내가 시키는 대로 차근차근 말을 전한다. 녀석의 얼굴에 금세 웃음기가 번져 나간다. 하긴 방학이라고 서너 군데의 학원을 시간 맞추어 돌아다니는 녀석의 일과는 재미없고 지루하며 썰렁한 것이리라. 나는 전화기 플립을 접으며 풀어 두었던 안전벨트를 늘려 맨다.

"근데, 삼촌 우리 어디 가는 거야? 멀리 가는 거야?"

녀석의 목소리가 박물관 관람실을 돌 때처럼 방방 떠 있다. 나는 대답 대신 핸들로 큰 반원을 그리며 유턴한다.

묵은 폐병으로 아버지가 돌아가시고 나자 큰어머님은 어머니를 두고 '근본 없는 년' 아니면 '집안 말아먹을 무당년', 그것도 지치면 '아편쟁이'라고 막 불렀다. 그러나 이상하게도 나는 그 말들이 듣기 싫지가 않았다. 그렇다고 좋은 것은 물론 아니었지만, 큰어머님의 말에는 내가 설 자리가 한 치도 없음을 나 스스로 잘 알고 있었다. 오히려 누나가 버럭 소리를 질렀다.

"엄마! 그만 좀 하세요, 네?"

"저년은 누구 새낀지 몰것네, 큿."

그래도 큰어머님은 사나운 언변에 비해 행동은 정확하고 엄격했다. 크지 않은 눈에, 반듯이 치켜 선 콧날에는 단박에 상대를 숨죽이게 하는 위엄이 안개처럼 머물러 있었다. 떳떳함과 자신감. 그 둘의 절묘한 배합이 거기에서 배어나고 있었다.

향춘당의 40년 여주인이 유명을 달리 하던 날은 밤낮 문상객이 끊이지 않고 들고 났다. 역시 큰어머니다운 장례식이었다. 상주였던 나는 장례가 끝날 때까지 잠 한숨 자지 않았고, 음식도 입에 대지 않았으며, 무릎 꿇고 자릴 지켜 냈다. 그것은 일종의 쇼였다. 그 많은 문상객 앞에서 '나는 상주다! 흑록헌의 다음 주인은 나다'라고 외치는 쇼.

휴대전화 벨소리에 조카 녀석이 몸을 뒤척인다. 나는 휴대전화에 이어진 이어폰을 귀에 꽂으며 통화 버튼을 누른다. 누나다.

"흑록헌에 가 보려구. 걱정 마요. 낼까진 들어갈 테니."

"청소도 안 되어 있을 텐데, 갑자기 거긴 왜?"

"그냥 가 본 지 오래된 것 같아서……."

"정말로 작은어머니한테는 안 가 볼 거니? 빈소에는? 발인이 내일인데."

"……."

"장평 아줌마한테 전화 넣고나 가지 그랬니. 아니다. 내가 지금 해 놓을게. 도착하면 전화해라."

퇴근 시간이 가까워지고 도로가 붐비기 시작한다. 점점 신호등 앞에서 대기하는 시간이 길어진다. 어둠도 이제 제자릴

몽강(夢江_Dreams River) | 177

잡고 앉는다. 누나에게는 흑록헌에 가겠다고 했지만 나는 지금 같은 자리만 벌써 다섯 번째 돌고 있다. 대학 병원 건물을 끼고 계속해서 우회전. 다시 저 앞을 지나친다면 여섯 번째다. 목덜미가 팽팽하게 당겨온다.

신호를 놓치고 빵빵거리는 뒤차에 밀려 병원 안으로 들어서자 주차 요원이 차를 막아선다. 나는 차를 세운다. 영안실. 나도 모르게 튀어나온 말에 가슴이 뜨끔하다. 주차 요원은 바리케이드를 올리며 방향을 가리키지만, 그의 손끝엔 어둠뿐이다. 나는 가슴을 핸들에 대며 어둠 속을 응시한다. 어둠 속에서 사슴 한 마리가 나를 쳐다보고 있다.

흑록헌에 들어간 첫날부터, 나는 어머니와 떨어져 자야만 했다. 내 잠자리를 봐 주는 일 역시 어머니가 아니라 큰어머니였다. 비에 젖은 몸을 닦지도 않고 큰절을 올리고 나자 할머니는 이렇게 말했다.

"이젠 니 애미는 여기 있는 이 사람이다. 명심하거라. 이 집 안에서 어머니는 하나뿐이다."

나는 고개를 숙인 채로 큰어머니를 살짝 쳐다보았다. 큰어머니는 무표정한 얼굴로 나를 내려다보고 있었지만 유쾌하지 못한 기운이 금방 느껴졌다. 할머니와의 첫 대면이 끝나고 나는 큰어머니 손에 이끌려 큰어머니 방으로 갔다. 큰어머니 방은 할머니 방과 마루를 사이에 두고 있었는데 할머니 방보다는 조금 넓어 보였다. 반을 접어 건 대발 밑으로 경대와 보료가 단정했다. 산수화를 붙인 여섯 쪽 벽장과 이음새를 나비 문양으로 맞춘 칠기 반닫이들 그리고 문가에 앉은뱅이 미싱과 수십 개의 갈고리가 달린 스웨터 짜는 기계까지, 나로서는 생전 처음 본 물건들뿐이었다. 내가 방 안의 물건들을 신기한 듯 쳐다보고 있는 동안 큰어머니는 옷을 갈아입혀 주며 크게 두 가지를 당부하고는 나갔다. 별채에 가는 것은 막지 않겠지만, 할머니 모르게 다니라는 것과 아버지에게는 되도록 가까이 가지 말라는 것이었다.

"니 아버지는, 심이 아프시다. 가슴이 아프단 말이다. 기침이 심하지 않더냐, 니한티로 병을 옮길까 그런다. 그러니 조심해야지."

나는 큰어머니의 말씀대로 저녁상을 물리고 나면 할머니 모르게, 모르게, 죽성재 어머니에게 다녀가곤 했다. 가끔 어머니 곁에서 잠들기도 했지만, 다음 날 아침 눈을 떠 보면 어김없이 큰어머니의 옆자리였다. 한번은 설핏 잠이 들었다가 깬 적이 있었는데, 어머니가 나를 업고 죽성재 밖으로 막 나서고 있을 때였다. 어머니가 자장가를 부르며 한 발, 한 발 내딛을 때마다 함박꽃잎들이 살살 흔들렸다. 흙담을 돌아 계단 앞에 다다랐을 때, 어머니는 기다리고 있던 큰어머니에게 나를 안겨 주고 말없이 돌아섰다.

"또 아편 했능가? 자네 얼굴이 말이 아니구만. 그거이 계속 쓰믄 끊지를 못 한다등만 어쩔라고…… 그래도 약속은 약속

몽강(夢江_Dreams River) | 179

일세. 담 달 보름까지여."

큰어머니의 품에서 나는 어머니를 슬그머니 쳐다보았다. 달빛이 어머니의 얼굴을 더욱 창백하게 했다.

그날 이후 큰어머니는 별채 출입이 잦아졌다. 그것도 평소의 느긋한 발걸음이 아니라 허둥지둥 뛰는 모습으로. 집안 말아먹을 화냥년! 미친년! 근본 없는 년! 큰어머니는 연신 그렇게 말을 중얼거리면서 치마를 허리께까지 훔쳐 들고 뛰었다. 가끔 흰 고무신이 벗겨지기도 했지만, 그것도 개의치 않고 무작정 죽성재로 쫓아 올라갔다. 부엌에서 가마솥 뚜껑을 닦다가, 혹은 장독을 열다가, 심지어는 화장실에서도 훅훅 뛰쳐나오기도 했다. 그때마다 집안일을 거들고 있던 장평 아주머니도 덩달아 뛰어다녔다. 할머니의 혀끝을 차는 소리도 점점 커졌다. 그러나 나는 할머니에게 팔목이 잡혀 아무것도 할 수 없었다.

"무슨 엠벵이냔 말이여, 가만있다가도 눈만 뒤집히면 저렇게 폴짝폴짝 뛰뎅겠싸. 나 같음 콱 죽어 뿔제, 저로고는 못 살지러, 하이고 불쌍시런 인생. 그랑께 무당 년이 뭐 할라고 사람들하고 얽혀 들어, 얽혀 들기를. 쯧, 쯧. 그놈의 업은 절대로 못 끊어 낸다등만."

나는 그때 아버지를 생각했다. 아버지의 얼굴을 본 것이 언제였던가. 나는 아버지가 계시는 향춘당으로 냅다 뛰어들었다. 한여름에도 솜이불을 덮고 누운 아버지가 힘겹게 돌아다

보았다. 아버지에게로 다가가는 발바닥에 따뜻한 온기가 전해
졌다. 그러나 나는 이내 그대로 굳어 버렸다. 돌아누운 아버지
의 모습은 더는 아버지가 아니었다. 이불에서 빠져나온, 만지
면 툭! 부러질 것 같은 손가락들이 점점 내게로 다가설수록 나
는 한 걸음씩 뒤로 물러섰다. 그리고 울기 시작했다. 얼마나
지났을까. 할머니가 먼저 종종 걸음으로 와서 문을 세차게 열
어젖혔다. 아슬아슬하게 상체를 일으켜 세운 아버지는 물먹은
눈으로 나를 바라보았다. 할머니의 팔에 싸여 향춘당을 완전
히 빠져나올 때까지 나는 아버지의 눈빛을 놓지 않았다.

할머니는 나를 누나 옆에 책가방처럼 묶어 두고는 바로 장
평 아주머니를 찾았다.

"에미, 별채에서 아직 안 내려왔능가?"

"아직 내려올 시간이 안 됐구만요. 허, 요샌, 정신 차릴라믄
시간이 더 걸린답디다……."

장평 아주머니가 나를 보고는 말꼬리를 흐렸다. 할머니는
못마땅한 표정으로 고개를 끄덕이고는 방문을 닫았다.

그래, 그때 나는 겨우 일곱 살이었는걸……. 녀석이 눈을 비
비며 일어나자 나는 보고 있던 종이쪽지를 내려놓으며 생각을
거둔다. 녀석이 두리번거리며 말한다.

"삼촌 여기가 어디야?"

차가 멈추기 무섭게 깨어나는, 시계보다도 정확한 녀석의

신경 줄이 갑자기 궁금해진다. 내가 말없이 뒷좌석에 두었던 외투를 챙겨 차에서 내릴 준비를 하자 녀석도 후다닥 점퍼를 챙겨 입는다. 밤안개가 밀려들고 있다. 영안실을 알리는 표지 판의 형광 불빛이 안개에 번져 부옇다. 어두운 낯빛으로 서성 거리는 사람들 옆으로 몇몇이 모여 담배를 피우고 있다. 이야 기 소리, 간간이 웃음소리를 타고 담배 연기가 흩어진다. 나는 조카 녀석의 점퍼의 지퍼를 단단히 올려 주며 건물로 다가간 다. 차가운 공기가 몸속 깊숙이 파고든다. 앞서가던 사슴이 나 를 한번 휙 돌아보더니 건물 속으로 사라진다. 지상 1층 지하 3층. 1층 로비 오른쪽 벽에 붙은 커다란 전광판 속에서 차례 로 고인과 상주의 이름들이 스르륵 나타났다가 사라지기를 반 복하고 있다. 조카 녀석이 내 손을 힘을 주어 꽉 쥔다. 밖에서 보던 것과는 달리 로비는 빛이 넘쳐흘러 눈이 부시다. 반사갓 을 쓴 할로겐들이 천장에서 여러 갈래의 흰빛을 마구 뿜어내 고 있다. 스르륵….

지하 3층 제7분향소 고인 이영란 / 상주 차현희

계단과 엘리베이터. 나는 계단을 택한다. 조카 녀석의 얼굴 이 긴장한다. 아니, 얼떨떨한 표정이다. 꼭 다문 입술에는 이 미 호기심은 사라지고, 눈빛 또한 낯섦을 가득 담아내고 있다. 지하 1층에서 계단의 방향이 바뀌고 나는 잠깐 멈추어 선다.

그간 조용하던 조카 녀석이 입을 연다.

"어, 아빠, 엄마다. 아빠! 엄마!"

내 동공이 힘겹게 흔들린다.

누나가 자판기 커피를 건넨다. 조카 녀석은 제 아빠의 손을 잡고 화장실에 가면서 네게 윙크한다. 나는 가볍게 미소를 지어 준다. 지하 1층에서 되돌아서서 계단을 오르는 동안 내 속 깊은 곳에 묵은 기억들이 뜨개질하듯 한땀 한땀 엮어졌다가 풀어 헤쳐졌다. 나는 커피를 한 모금 들이켰다. 식도를 타고 온기가 몸에 퍼졌다. 이번에는 내가 먼저 말을 텄다.

"탈상이 언제래?"

"내일. 상주가 차현희라고, 작은어머니 제자라나. 옷가지를 챙기다 수첩이 나와서 보니 우리 집 연락처가 적혀 있드래."

"시신은 봤고?"

"음, 작은어머님 맞으셔. 네 매형은 얼굴 봐도 모르고 내가 직접 확인했다. 오른쪽 어깨에 있던 문신도 확인했고. 기억나지? 사슴 문신."

사슴 문신. 어머니에게도 그게 있었다. 큰어머니는 그것을 무당의 표식이라고 했다. 가끔 어머니는 나에게 그날 일들을 낮은 목소리로 이야기하곤 했다. 먹물로 그림을 그리고, 징 소리가 빨라지고, 바늘로 쪼아 새기고, 방울 소리가 커지고, 다시 먹물을 입히고, 대나무 가지에 정안수를 적셔 얼굴에 때리

듯 뿌리고……. 어머니는 이야기 끝에 꼭, 그때 생각한 사람은 오로지 아버지밖에 없었다고 했다.

"내려가 봐라. 네 매형 오면 집에 갈 테니. 그리고 돌아가는 길에 집에 들렀다 가. 민 신부님한테서 연락 왔더라. 흑룩헌 원림 복원하겠다고."

"신부는 무슨, 쫓겨난 게 언젠데."

조카 녀석이 차 창문을 내리고 손을 흔들어 보인다. 습기가 목 주위에 달라붙는가 싶더니 이내 부슬비가 내린다. 나는 돌아서서 엘리베이터 쪽으로 걸음을 옮긴다.

다섯

여기가 어디인가.

번뜩, 빛을 되쏘는 무구(巫具)들처럼 섬뜩하게 다가서는 공간의 깊이에 놀라 나는 눈을 확 치켜뜨며 상체를 일으켜 세웠다. 순식간에 눈앞에서 날카로운 빗금이 마구 그어졌다. 손바닥으로 몇 번, 거칠게 얼굴을 쓸어내리고는 서둘러 방 안을 훑어보았다. 화장대, 전화기, 미니 냉장고, 탁자, 원목 의자 두 개, TV, 그리고 침대……. 시선이 닿는 곳마다 사물이 하늘거렸다. 나는 허리를 바르게 펴고 숨을 천천히 내쉬었다. 식도를 타고 올라온 텁텁한 술 냄새가 코끝을 자극했다. 갑자기 플라

스틱 인형처럼 몸속이 텅 비어 버린 것만 같았다.

"야! 어떻게 된 거야? 어젯밤 그렇게 없어지더니 아직도 안 나타나고, 지금 어디야? 프레젠테이션, 세 시간 남았어. S는? 만났어? 어디냐고? 박물관으로 빨리 안 뛰어 와?"

나는 휴대전화를 귀에 바싹 붙이며 몸을 돌렸다. 시계를 쳐다보았다. 어느새 정오를 훌쩍 넘긴 시간이었다. 계획된 발표 시간은 학술 심포지엄이 끝나는, 오후 다섯 시. 민 대표의 말과는 달리 그래도 네 시간은 남아 있는 거였다. 민 대표는 화를 실은 막말들을 연신 쏟아붙이고 있었지만, 나는 하나도 알아들을 수가 없었다. 오히려 무엇에 제대로 속은 기분이었다. 오늘 같은 날은 처음이었다. 지금껏 단 한 번도, 술을 마시고 이렇게 덩그러니 남겨지는 경우는 없었다. 애를 써도 어떻게 이곳까지 왔는지 도무지 기억나질 않았다.

나는 담요를 걷어 내며 침대에서 내려섰다. 원목 의자 위에 속옷과 양말이 반듯하게 개어져 있는 것이 보였다. 아귀를 맞춰 접힌 양말을 보자 갑자기 아랫배가 긴장하기 시작했다. 옷가지를 사정없이 흐트러뜨렸다. 그 반듯함이 눈에 거슬렸다. 아랫배를 꼭 움켜쥐며 욕실로 들어섰을 때, 한 톤 높은 민 대표의 목소리가 귓속을 쑤욱 파고들었다. 도대체 지금 어디냐고!

나는 햇빛이 부서지는 건물 모퉁이를 힐끗 쳐다보았다. 美夢. 네온 빛이 꺼진 한자 간판은 잘빠진 7층 건물에 비하면 작고 초라했다. 어쩌면 아득한 골목길 때문인지도 몰랐다. 좁은 골목길을 타고 양옆으로 다닥다닥 붙어 이어진 여관들이 모두 쓸쓸하고 아득했다. 미몽……. 나는 고급 술집에나 붙어 있을 만한 이름이라는 생각을 하며 대로변 쪽으로 길을 잡았다. 발을 뗄 때마다 도시의 소음이 점점 살아났다. 머릿속에서 어젯밤의 일들이 톡톡 튀어 오르기 시작했다. 나는 주머니를 뒤져 차 키를 확인했다. 차를 세워 놓은 생선구이집 주차장으로 가려면 먼저 대로변으로 나서서 방향을 보아야 했다. 걸음이 빨라지기 시작했다. 주차장을 벗어나 막 큰길로 핸들을 꺾자 바지 주머니 속에서 휴대전화가 요동을 쳤다.

"야! S한테서 전화 왔는데, 삼십 분 후에 시간 난다더라. 다시 한번 말하지만, 도록이랑 슬라이드 자료 빼놓지 말고 모조리 다 챙겨 와야 해. 오늘 육십억이 결정되는 거 알지? 꼭 시간 맞춰서 와."

갑자기 등줄기가 허전해졌다. 민 대표가 일러 준 30분 안에 S가 있는 대학 연구소까지 가기에는 조금은 빠듯한 시간이었다. 나는 S에게 전화를 걸었다.

"이쪽으로 안 오셔도 됩니다. 제가, 방금 도록이랑 이미지들 퀵으로 민 대표님께 보냈으니까, 바로 박물관으로 가시면 될 것 같아요. 저도 수업 하나 끝내고 그쪽으로 이동하겠습니다. 어젯밤 제법 많이 취하셨어요. 식사도 못 하셨지요? 시간 벌어 드렸으니까 뭐 좀 드시고 가셔요. 이따 뵐게요."

타이틀 그대로 유네스코 세계 유산 등재를 위한 한반도 청

동기 유물전이다 보니, 작은 리플릿 하나, 그 속의 이미지 하나까지도 국제적이고 전문적인 깊이를 요구했다. 더구나 주최 측인 국립박물관은 전시에 맞추어 세 차례 대규모 학술 대회를 함께 계획하고 있었다. 여기에 민 대표는 60억짜리 흑록헌 복원 프로젝트를 끼워 규모를 한껏 키웠다. 원래 흑록헌 프로젝트는 정부 주도의 역사문화재생사업에 지원하기 위해 준비했다가 서류 제출 기한을 놓쳐 버린, 이미 시효가 지나 사장된 사업이었다. 그런데 사업의 선정 과정에서 비리가 드러나면서 선정되었던 사업 전체가 무산되어 버렸다. 사업은 재정비 후 재개가 되었으나, 한층 까다로워진 선정 과정 중 모두 탈락하고 흑록헌 프로젝트만 단독으로 최종 심사에 올라간 상태였다. 이번 프레젠테이션은 최종 선정 전 마지막으로 사업의 타당성을 검증받는 자리였다. 그만큼 민 대표에게도 사활이 걸린 일이었을 것이었다. 민 대표가 내게 맡긴 것은 발표 자료에 삽입될, 암각화의 원 이미지를 활용한 변형 이미지를 만들어 내는 일, 그리고 그것을 흑록헌 프로젝트에 연결하는 것이었다. 오컬트 스타일, 민 대표의 팁을 빌자면 전체적으로 단순하면서도 비밀을 감춘 듯해서 신비스러워야 했다.

그 일을 맡고 나서 나는 마음이 점점 혼란스러워졌다. 다시, 다시, 처음부터 다시. 시간이 갈수록 자꾸 어딘가가 빈 듯해서 돌아 버릴 지경이었다. 이미지들이 눈앞에서 마구 겹쳐지고, 흩어지고, 서로 싸워 피투성이가 되기도 했다. 나는 결국 컴퓨

몽강(夢江_Dreams River) | 187

터를 쳐다보기도 싫어졌다. 디자인실은 쳐다보지도 않고 대표실에 직행해 잡지를 보거나 스마트폰을 들고 게임을 했다. 그것도 지치면 잠으로 하루를 몽땅 보냈다. 그러기를 보름, 뭐라 말은 못하고 그 모습을 보고만 있던 민 대표가 전문가를 불러 가며 나서는 것도 무리는 아니었다. 민 대표는 아직까진 시간이 있으니 천천히 하라고 달래듯 말했으나, 결코 다른 사람에게는 넘기지 않겠다고도 단호하게 덧붙였다. 고대 문양 연구로 학위를 받았다는 S를 민 대표에게서 소개받고서야 작업은 속도가 붙었다. 이번에는 기한에 여유를 두고 사업계획서를 제출할 수 있었다. 그렇게 세 번의 서류 심사를 통과하고, 마지막 관문인 프레젠테이션을 위한 자료를 완성해 제출한 것이 지난주였다. 비교적 순조로웠던 일정에서 폭탄이 터진 것은 프레젠테이션을 하루 앞두고, 한창 스피치 연습에 열중해 있을 때였다. 평가단 쪽에서 별도로 목록을 뽑아 주며 이미지 도록을 요청해 온 것이었다. 목록을 훑어보던 민 대표는 그나마 요청한 이미지 모두가 S가 가지고 있는 것들이어서 안도했으나, 나는 이미지를 선별하고 도록까지 뽑을 수 있을지, 발표 시간을 맞출 수 있을지, 내내 마음에 걸렸다. 500여 장의 슬라이드 조각 중에 40장 정도로 이미지를 골라내려면 적어도 서너 시간은 지긋이 투자해야 했다. 스피치 연습보다 우선, S부터 만나야 했다. 나는 거래하던 인쇄소에 작업 예약을 넣어두고, S에게로 향했다.

신물이 계속에서 목젖을 건드려 대는 게 간단하게라도 뱃속을 달래야 할 모양이었다. 나는 차선을 바꾸어 편의점 앞에 차를 세웠다.

사발면에 뜨거운 물을 붓고 나자 매장 안에 켜 놓은 라디오에서 DJ의 멘트가 사라지고 음악이 바로 이어졌다. 나는 김치 포장지를 뜯으며 마침 잘됐다고 생각했다. 이 음악이 끝날 즈음엔 면발이 먹기 적당하게 불어 있을 터였다. 굳이 손목의 시계를 확인하여 면발의 상태를 살필 수고를 덜어 준 셈이었다. 편의점 창밖에서는 플라타너스 잎들이 간간이 떨어져 내리고 있었다. 나는 시선을 나무 위로 옮겼다. 가지들이 자잘하게 뻗어 나간 하늘에서 잠깐씩 바람이 머물다 갔다. 올겨울이 가기 전에 저 가지들은 전기톱 날에 잘려 나가겠지. 나는 그런 생각을 했다.

"네, 안드레 뒤마의 피아노 곡 겨울 기도였습니다. 오늘이 벌써 입동이라네요, 올가을은 유난히 짧은 것 같습니다. 요 며칠은 정말 한겨울 날씨처럼 바람도 많았고 기온도 뚝 떨어져 출퇴근길에 고생 좀 하셨을 거예요. 가을은 제가 개인적으로 좋아하는 계절인데 무척 아쉽네요……."

입동이라, 나는 문득 젓가락질을 멈췄다. 나무젓가락 사이로 면발이 스르륵 흘러내렸다.

'겨울 날 준빌 해야겠어. 내겐 자연을 거스를 능력 따윈 없으니……. 같이 안 갈래?'

몽강(夢江_Dreams River) | 189

나는 뒤를 휙, 돌아다보았다. 심장 박동이 거칠어졌다. 아르바이트 학생이 걸레질을 하다 뜨악하게 쳐다보았다. 편의점 안에는 단 둘 뿐이었다. 나는 틀었던 몸을 바로잡으며 눈을 감았다. 환청일 뿐이다, 환청이야, 속으로 연신 그렇게 되뇌며, 감았던 눈을 떴다.

'벌써 입동이란다. 날씨가 이렇게나 좋은데 말이지.'

순식간에 무릎이 꺾이고 사발면 용기가 엎질러졌다. 나는 바닥에 그대로 주저앉았다. 아르바이트 학생이 뛰어와 나를 부축했지만, 일어날 수가 없었다. 자꾸 숨이 차고 발목에서 힘이 빠져나갔다. 겨우 간이 의자에 손바닥을 걸치고 일어섰을 때 교복을 입은 학생 두엇이 편의점 안으로 들어섰다. 나는 편의점 진열대 사이사이를 유심히 살폈다. 방금까지 아르바이트 학생과 자신, 역시 둘뿐이었다는 것을 확인하고 나자 바지에 묻은 라면 국물이 비로소 눈에 들어왔다. 나는 냅킨을 물에 적셔 바지를 대충 닦아 내고는 냉장 진열대에서 우유를 집어 들었다. 다시 목소리가 분명하게 들려온 것은 우윳값을 치르고 막 편의점을 벗어나던 차였다.

'오늘 당장 겨울 준빌 해야겠어. 같이 갈래?'

나는 비틀걸음으로 차에 올라타고 시동을 걸었다. 계속해서 윤의 목소리가 둥둥 귓가를 떠다녔다. 나는 라디오 전원을 켜고 볼륨을 높였다.

'일단 바다로 가야 해, 그리로 길을 잡아! 바다부터가 시작이

야. 이 고철 덩어리 정말 괜찮은 거지?'

윤의 웃는 모습이 눈앞으로 다가섰다가 슬슬 희미해졌다. 플라타너스잎 하나가 바람에 차창을 쓸고 아스팔트 바닥으로 떨어져 내렸다. 나는 운전석 등받이를 제치고 눈을 감았다. 한동안 잠잠하던 옛일들이 감은 눈 속에서 마구 엉켜 들었다.

별첨

〈스페이스 D 1825〉 프로젝트.

실내에 불이 꺼지고 잠깐의 암흑을 지나자 프로젝트명이 화면에 떴다. 엉켜 있던 실타래가 풀리듯, 머릿속에서 뚝뚝 떨어져 산만하게 떠돌던 화제들이 일렬로 정렬했다. 나에게 주어진 시간은 30분. 민 대표는 준비된 동영상과 이미지 사이사이의 적절한 개입이 무엇보다 중요하다고 했다. 준비했던 대로만 하라고.

"육십억이, 네, 그, 주둥아리에 달려 있는데, 시간 하나 못 맞추고. 나 숨넘어가게 만드니? 이 미친 새끼야. 암튼 십 분도 안 남았어. 지금 저기 평가단이 스무 명도 넘게 왔어. 전쟁이다, 전쟁. 야, 옷부터 바꿔 입어야겠다."

나는 입고 있던 재킷을 가슴부터 쓸어내리며 한번 쓰윽 살펴보았다. 소매 끝에 붉은 얼룩이 져 있었다. 편의점에서 놓쳤

몽강(夢江_Dreams River) | 191

던 사발면이 생각났다. 이번 프레젠테이션을 설계했던 김 팀장이 자기의 재킷을 벗어 들고 옆으로 다가왔다. 나는 디자인실 김에게 내 재킷을 벗어 주고 눈인사를 했다. 민 대표는 넥타이와 재킷 칼라를 만져 주며 말을 이었다. 금세 톤이 부드러워졌다.

"이 사업을 흑록헌까지 확장해야 하는 이유를 초반 십분 안에 설득을 시켜야 해. 비전 제시가 중요하다, 알겠지? 당황하지 말고. 숨 한번 크게 쉬고 바로 들어가."

물론 나는, 그 누구보다 민 대표가 저리 나를 다그치는 이유를 잘 알고 있었다. 흑록헌을 핑계로 이제는 나를 한곳에 묶어둘 요량이라는 것을 말이다. 단순히 육십억에 눈이 멀, 민 대표가 아니었다. 가끔 입이 거칠어지긴 했어도 환속 사제였고, 따로 부양해야 할 식구가 있는 것도 아니었다. 이번 일이 아니더라도 내가 할 일들을 부러 만들고 배분해 왔다. 그럴 때마다 나는 민 대표가 나의 방랑벽이 멈추기를 바라고 있는 것은 아닐까 생각했다. 이번 생에서 자신의 마지막 사명쯤으로 받아들이고 있을지도 몰랐다.

사슴은 천 년을 살면 청록, 천오백 년이 되면 백록, 거기서 오백 년을 더 살아 이천 년이 되면 흑록이라고 한답니다. 화면의 이미지를 봐 주시죠.

나는 리모컨을 눌러 잠시 백지가 되었던 스크린을 활성화했다. 얼음 공주의 팔뚝에 새겨진 사슴 문신이 확대되어 나타났다. 어둠 저편에서 자료집 넘기는 소리가 들렸다.

저건 시베리아 파지리크 미라의 어깨에서 발견한 사슴 문신입니다. 사슴이 앞발과 뒷발을 쭉 늘려 뛰고 있는 모습을 매우 율동성 있게 표현하고 있습니다. 독특한 점은 뿔이 몸보다 더 크게 그려져 있다는 것입니다. 사슴의 뿔은 고대로부터 매우 신성하게 여겨져 왔음을 알 수 있습니다. 고령과 울주 암각화에서도 발견되는 것이지요. 삼국시대, 통일 신라 시대의 금관 장식에도 나타납니다. 그래서 사슴뿔은 왕권의 상징이라고 할 수 있겠는데요.
......

연습했던 대로, 이번에는 버튼 대신 스크롤 볼을 움직였다. 화면이 미끄러지듯 옆으로 이동하며 곧 신라의 금관이 나타났다. 갑자기 한층 밝아진 이미지 톤에 눈이 부셨다.

지금까지 발견된 삼국 시대 왕의 금관들은 곡옥을 달아 움직일 때마다 건들거리게 설계되었습니다. 마치 하늘과 교신하는 것처럼 말이지요.

다시 버튼. 사슴 문신.

결과적으로 이 여성 미라의 문신은 지상과 천상을 연결하는 영적인 동물임을 보여 주고 있는 것입니다. 기원을 따지고 올라가다 보면 모두가 다 알타이 스키타이 샤머니즘의 한 형태라는 점에 쉽게 수긍할 수 있습니다.

한 번 더, 스크롤 볼. 화면은 사슴 문신에서 멀어지며 얼음 공주 미라의 전신을 구현했다.

그래서 사슴 장식이 발견된 곳은 어디나 다 은밀하기도 하고, 신비스러운 분위기를 가지고 있습니다. 쉽게 범접할 수 없는 그런 분위기들이지요. 흑록헌도 마찬가지였습니다.

암전되고 다시 화면이 밝아졌다. 사슴의 집, 흑록헌이 등장했다. 클로즈업된 상량의 글씨들을 설명했고, 바로 건축 양식에 대한 설명을 이어 붙였다. 어두워 스무 명이 넘게 왔다는 민 대표의 말을 확인할 수는 없었으나, 나는 시선을 어둠의 중앙에 고정했다. 화면이 바뀔 때마다. 첫 줄에 앉은 이들의 얼굴이 깜박 드러났다. 분명 이들이 관계자와 평가자들 같았다, 아마도. 나는 부러 첫 줄 어디쯤에 시선을 두었다.

194 ｜ 장꽃

사슴의 집은 창덕궁 낙선재와 같은 양식으로 지어졌습니다. 이 두 집을 비교해 보니 약 구십 퍼센트가 일치되는 것으로 나타났습니다. 낙선재보다는 한 단을 낮춰 지었는데, 이는 이곳의 지형과 관계된 측면도 있겠으나, 왕실보다는 급을 낮추어야 한다는 관습이 먼저 작용한 것으로 보입니다. 무엇보다 지붕을 받치는 익공의 형태에 주목해 주십시오. 익공의 주간을 사슴뿔처럼 장식한 것을 볼 수 있습니다. 이 건물이 흑록헌인 이유가 바로 여기에 있을 겁니다.

흑록헌 원림이 스쳐 지나가는 동안 자료집 넘기는 소리는 더는 들리지 않았다. 모두 흑록헌의 함박꽃밭에 푹 빠져들어 있었다. 이만하면 우리의 사업이 충분히 설득된 듯 보였다. 이제 프레젠테이션을 감성적으로 마무리할 시간이었다. 마지막 쐐기 한 방이 필요했다. 나는 강단에 거치된 마이크를 뽑아 들고 화면 가까이 다가섰다. 계획되지 않은 행동이었으나 어둠 속 시선들이 나를 계속 따라오고 있었다.

스페이스 디 일팔이오 프로젝트는 이백 년간 사슴의 집으로 많은 사람들의 기억 속에 있던 흑록헌을 복원하여 한반도 문화와 이천오백 년 전 알타이 스키타이 문화와의 연결점을 모색하는 중요한 작업이 될 것으로 판단됩니다.

30초짜리 마무리 홍보 영상이 끝이 나고, 실내가 밝아졌다. 20분 30초. 제일 먼저 눈에 든 것은 민 대표의 얼굴이었다. 입가에 미소가 번져 있었다. 단상에 흩어진 서면 자료를 모아 탁탁 두들겨 모서리를 맞추었다. 나는 서둘러 정돈된 자료들을 움켜 들고 단상을 벗어났다. 툭, 사진 하나가 바닥에 떨어졌다. 나는 사진을 집어 들었다. 대례복을 입은 여인이 흑록헌 댓돌에 손을 다소곳이 모으고 앉아 있었다. 나는 사진을 눈에 가까이 당겨 들여다보았다. 어딘지 낯이 익은 얼굴이었다. 분명 윤이었다.

"우바이⋯⋯."

느닷없이, 나도 모르는 사이에 그렇게 툭! 말해 놓고 나자 지금의 모든 일이 꿈속을 걷는 듯 희미해졌다.

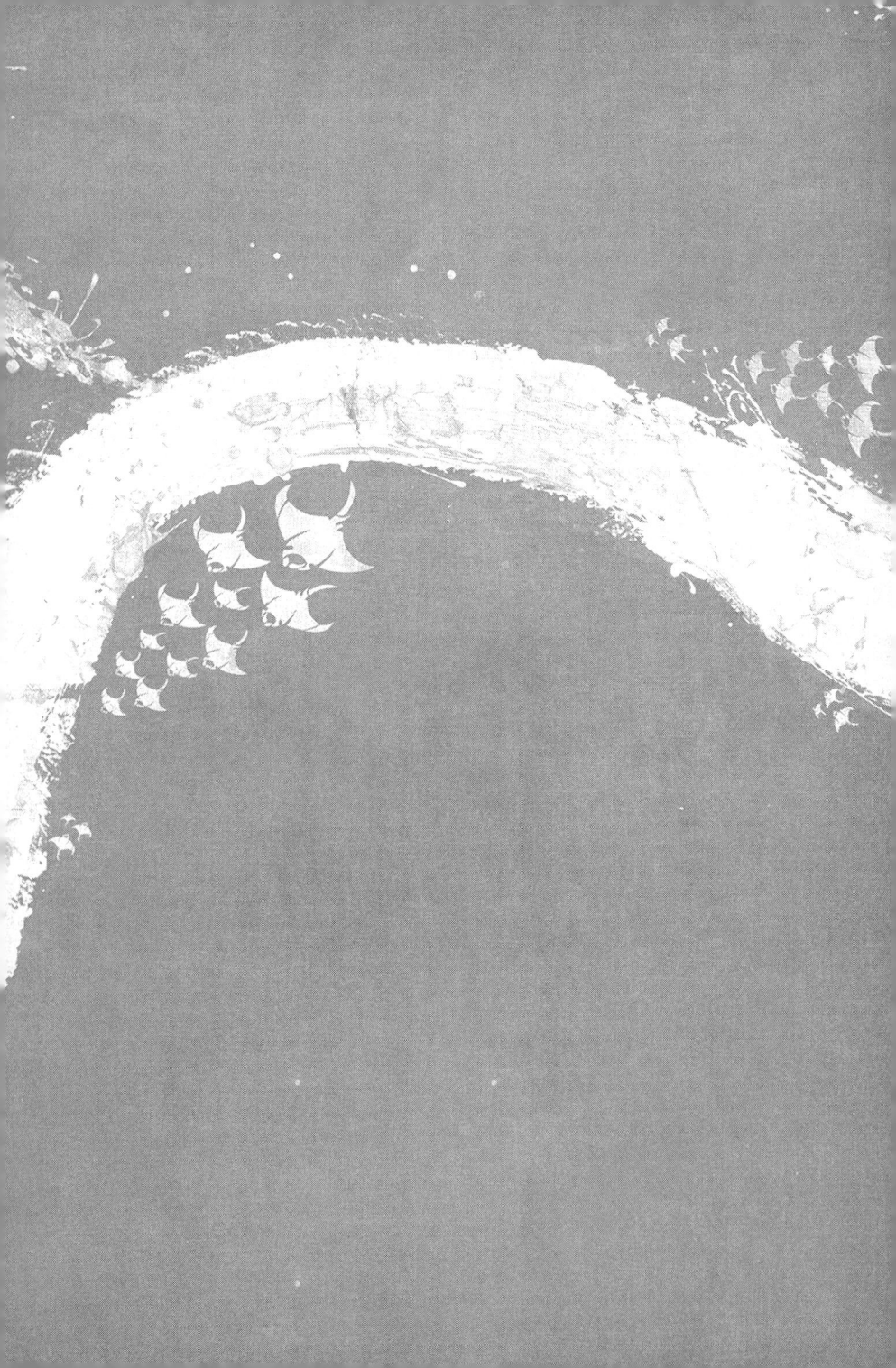

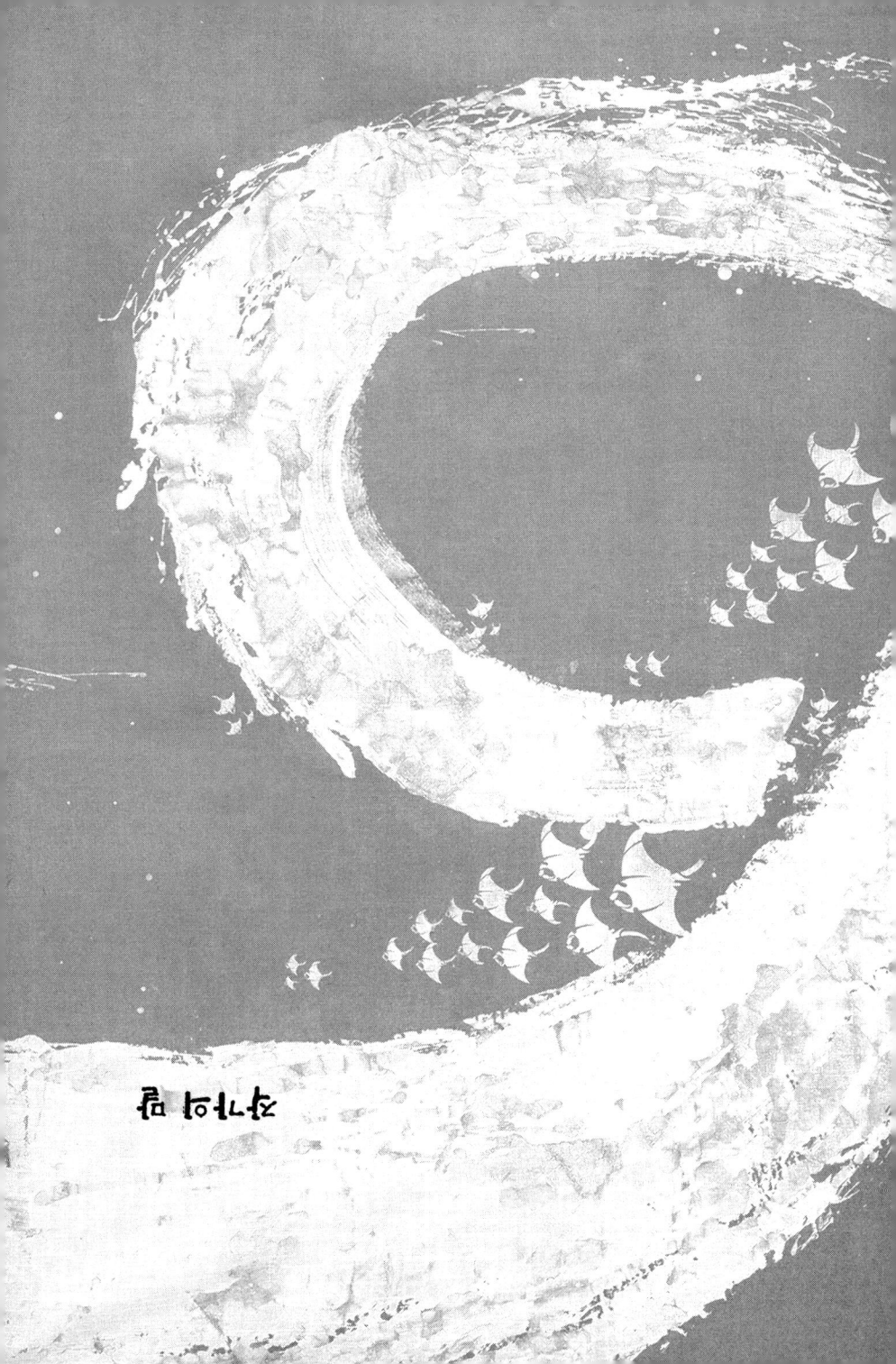

정이 들긴 들었던 모양이다. 시간이 한참 가도록 어색하고 낯설기만 했던 이곳에, 정을 붙이려고 애를 쓰다가도, 틀어져 떼려고 돌아서기를 반복하는 동안, 짐을 쌌다, 풀었다 하는 동안, 떠날 이유를 찾고, 함께, 정주할 이유도 찾는 동안, 이곳에 와 처음 심은 백일홍 가지 사이로 새들이 들어앉아 짝을 찾아 울고, 서쪽 산등성이 붉은 노을이 서향 거실로 길게 들어서는 동안, 현과 수 두 아이가 제법 영글어지는 동안……, 상당히 정이 들긴 했던 모양이다.

사는 동안 차곡차곡 쌓이기만 했던 마음의 빚을 마침내 털 어 내고, 그간 수백 번 재고 또 쟀던 작정을, 이번만큼은 단단 히 결계를 쳐 두고, 어금니를 꽉 물고, 이제 진짜 떠나려고 십 수 년 살이의 짐을 먼저 훌훌 보낸다. 그제야 빈자리를 휘둘러 본다. 발길을 옮길 때마다 발바닥에서 끈적한 정이 뚝뚝 떨이 떨어진다. 떠나서도 정을 붙이고 떼고 하는 일을 반복하겠지 만, 그래서 점점 정을 붙이는 것보다 떼어 내는 일이 더 쉽고, 나중엔 그마저도 무덤덤해지겠지만, 늘 그랬던 것처럼 부질없

200 | 장꽃

다, 흥타령 한가락만 꽁무니에 따라붙는다.

떠나는 발길에 늘 내 옆을 지켜 준, 지켜 줄 마이영에게 미
안함과 고마운 마음뿐이다.

백월헌에서의 마지막 밤에
박일우